PEÇA

LUCI COLLIN

ARTE E LETRA

CURITIBA
2018

REVISÃO **CAROLINE POMPEO**
CAPA E PROJETO GRÁFICO **FREDE TIZZOT**
ENCADERNAÇÃO **DANI SCHUSTER**
E **PATRICIA JAREMTCHUK**

© 2016, Luci Collin
© 2017, Editora Arte & Letra

1ª reimpressão

C699p Collin, Luci
A peça intocada / Luci Collin. Curitiba : Arte &
Letra, 2017.
112p.

ISBN 978-85-60499-84-7

1. Literatura brasileira. 2. Contos. I. Título.

CDU 82-31

ARTE & LETRA EDITORA

Alameda Dom Pedro II, 44. Batel
Curitiba - PR - Brasil / CEP: 80420-180
Fone: (41) 3223-5302
www.arteeletra.com.br - contato@arteeletra.com.br

para

Elvira Vigna e
Maria José Silveira

pelas palavras

SUMÁRIO

7
1. Matiz das armadilhas

25
2. Margens personalizadas

31
3. *Tourniquet*

37
4. Práticas de linguagem

41
5. Aliás

47
6. Jogando cartas com T. S. Eliot

53
7. A peça intocada

59
8. Os rudimentos da jovem Berthe (conto epistolar)

67
9. Coré Etuba: tati kéva!

77
10. Live by request

81
11. Por motivo de fraqueza maior

87
12. Se deus quiser e se eu crescer

97
13. Manada bando alcateia cáfila cardume de um

101
14. Rastros e homens

107
15. Não vou falar sobre isso, mas por exemplo

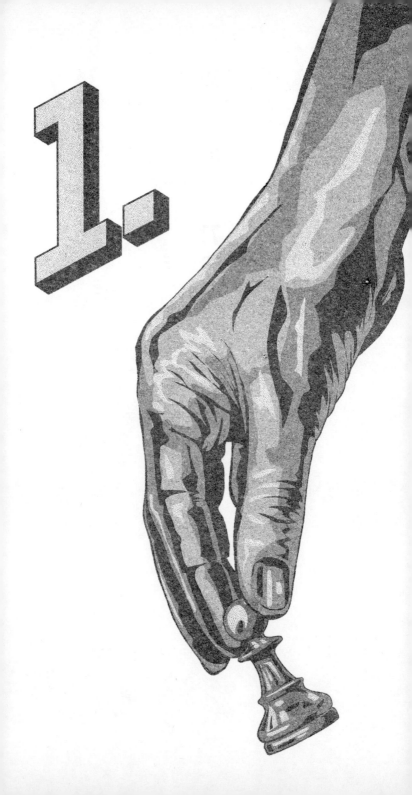

MATIZ DAS ARMADILHAS

1. BEM PRA BAIXO

A verdade: tudo enfadonho, insípido e fastidioso, embora ele não conhecesse esses adjetivos.

Anda cansado daquela lenga-lenga, ficar ali do lado da Juceneide naquele sofá desmilinguento a tarde toda e um pedaço da noite sem nada pra fazer a não ser olhar pra televisão. Os carinha tocando um roquinho sertanejo falido e umas guria de sainha lá no fundo as pernona dançando tudo igual com aquele sorriso bem igualzinho, a mulher mostrando que o marido deu um tabefe no olho dela por conta de uma prestação da geladeira que atrasou e nem era bem marido era só pai do filho e aí sorteio do carro e foi uma professora que levou tem gente sortuda e o polícia se metidando com umas palavra difícil pra contar que moeu a bichinha porque ela tinha tentado roubar um quê mesmo? propaganda de um remédio caro pra caramba que deixou uma gordacha fininha sem nem cirurgia nem exercício (pensa que acreditei?) e aí o resumo da vida do gostosão da novela com foto dele de pequeno andando numa bicicletinha e choradeira e a mãe dele falando que ele era um filho perfeito e pena que o pai já tinha morrido dinfarte que nem viu o sucesso e quando for passar os gol do campeonato a Juce vai mudar de canal. Ôrra domingo é sempre a mesma chatice. Aí, mudou de canal!

— Ô amor, deixa nos gol, vá.

— Ai, Aílson, quero ver o finzinho do filme. É sobre o Rei Salomão. O pastor vive falando. Eu acho linda a história. Conhece?

— Num lembro. Acho que lembro. Mais ou menos.

— Prestasse atenção nos programa você aprendia! Cada coisa bacana. Tô seca pra ver onde que o Rei morava; acho o máximo tipo castelo. Tem entrevista. Dão dica. Comentário político bem explicadinho. Fica cochilando, parece uma plasta!

— Ah, desliga a TV, vamo conversar. Calor desgraçado aqui! Vamo dá uma volta? Comer um dogue no Zezão?

— Espera, olha o que que o Rei disse pro chefe da tribo. Que dogue! Não gosto de comer essas porcaria que me revolta o estômago pra uma semana. Dá revertério. Eles ia sacrificar uma ovelha. Olha que jeito mais bonito que eles falava lá antigamente. Tudo floreado.

Ele não é um sujeito dado a reflexões, a cogitações profundas, a elucubrações, mas hoje a coisa está pipocando.

Subesse que ia ser assim não tinha entrado nessa furada de noivado. Antes ela até que deixava dar uns amasso, era carinhosinha. Agora pra tudo ela solta um *Só depois do casamento!* Vai quatro ônibus pra vir aqui fim de semana. E nem uma encostadinha ela consente. *Tira a mão daí! Olha o respeito!* Fica pregada nos programa. E a maionese hoje tava bem sem sal. Coiso mais sem graça esse tal de noivado.

— Tô indo.

— Ai, amor, espera o final do filme, pelo menos.

— Amanhá acordo cedo – vidinha de sempre.

— Ergue a mão pro céu que tem serviço, criatura! Olha que coisa mais linda o manto que presentiaro o Rei! Me liga amanhã, então. Manto encarnado, eles dizia. Tem o aniversário da Daiane, na quarta. Ela tá poderosa agora que passou pra supervisora! Cuida de bater bem o portãozinho pro Lico não escapar.

Beijo chocho.

Nem falou nada de janta.

Ônibus no domingo demora o dobro pra vir. Melhor andar até o terminal. Tem mais gente. Vou pegar essa ruinha que corto metade do caminho. Fumar esse avulso, ruim, cigarro de banquinha perde o gosto. Encosta-se na parede. A Juceneide anda tão chata. *Não pode isso! Não quero!* Será que muda quando casar? Cheirão de mijo essa rua. Deve de ser barra morar aqui. Acho que nem passa gente. Ôôô, passa sim. Que esquisitão que vem vindo!

— Empresta o fogo?

— Claro! (cara mais estranha, branquelo, olho vermelho, com esses dentão e essas orelhona deve de ganhar uma grana na Páscoa. Não, isso aí assusta a criançada!)

— É do bairro?

— Sou não. Só visitar. Noiva. (Puxando papo, o dentuço!)

— Tô esperando a mina.

— Ah, tá. (Quem perguntou? Folgado!). Tô indo pegar o Esplanada.

— Espera. É jogo rápido com a guria. Vou com você. Ói ela aí. Trouxe? Deixa ver.

É periguete, cruzcredo, vestidinho colado e essas bota verdona! Putchavida, tá passando bagulho. Agora não posso sair senão o cara encrespa. E o esquisitão foi pra cima da moça como se eu nem estivesse aqui. Comendo a vadia contra a parede! Nojento, meu. Tapa na bisteca. Umas doze fincada e deu. Parece coelho! Ôrra, se a Juceneide fosse metade de assim! E a guria saiu numa boa. Que doidice!

— Vamo, bródi. Tô muito atrasado! Atrasado pra caralho!

— Vamo. (Tirou do bolso do colete um relógio daqueles de correntinha! Meu, nunca tinha visto isso de verdade. Só em filme.) O ponto é pra lá.

— Ponto? Ah, tô de carro. Vem junto.

Baita curiosidade. Ah, vou entrar no carro do cara, Maverick detonado (cheiro de vômito, cheiro de pinho-sol); ôrra o cara tá rodando um monte. Ladeira pra baixo. Curvona. Mais ladeira. Descidão dos inferno. E outra. Pra que buraco esse sujeito tá indo? Aqui tá que é um breu. Não falou uma palavrinha. Acompanha as música do som tudo em inglês. Deve de ser estudado, esse sujeito. Tem um revólver no chão do carro. Bati com o pé. Como que eu vou fazer pra voltar?

I. ELEVAÇÃO

Domingos são especialíssimos! Dr. Carlos Luís é tomado por um grande contentamento ao acordar e pensar que terá um dia todo para dedicar-se às suas fotografias. Sem as atribulações usuais da prática da medicina. Sem encargos nem compromissos outros que não sejam revelar aquelas imagens preciosas que lhe trazem tão grande prazer.

A toalete matinal. A série de exercícios físicos. O frugal, porém balanceado desjejum. A leitura atenta do semanário local: atos recentes do prefeito da cidadezinha; notícias sobre o que se passa na sociedade; obituário; a excelente coluna do Prof. Heliodoro Nazareno. A rega da coroa-de-frade (*Melocactus zehntneri*). A abertura das venezianas para que entre um pouco de luz na sala de visitas. O sol tem poder higienizante! Tudo na mesma ordem desde sempre. Há que se seguir com rigor os atos cotidianos para que não nos desviem das atividades importantes. Para que jamais se desperdice tempo com superficialidades. Para que se possa desfrutar o que de fato dá sentido às nossas vidas. A regra. A disciplina. Sim, é um homem de grandes princípios.

A revelação fotográfica é comovente. É um processo químico que faz com que o registro de uma imagem apenas latente se transforme em imagem clara e tangível. Amadurecimento de toda a emoção que esteve condensada no disparo. A possibilidade de se recuperar o estremecimento, a beleza do instante. Constitui-se de várias etapas. Usa-se, por primeiro, o revelador, uma solução alcalina produto da combinação entre metol e hidroquinona; por meio de uma reação de óxido-redução o revelador transforma os haletos de prata do filme fotográfico em prata metálica. Há mais de trinta anos observo esses agentes. Dá-se, então, através do uso de uma solução ácida, o cessar da revelação. Lembra-se, de súbito, de um episódio amargo de sua vida: quando deixou o revelador agindo por mais tempo do que o correto e as fotos ficaram totalmente escuras. Todas as poses perdidas! Trabalho de semanas. A emoção devastadoramente irrecuperável! Essas soluções interruptoras são compostas de ácido acético glacial ou ácido cítrico. Bem, sua distração naquele momento era justificável. Relembra que por aqueles dias andava transtornado pela notícia da piora do estado de saúde de sua mãe. Entre as complicações do diabetes estava a possível amputação de uma perna, fato que felizmente acabou não ocorrendo, graças à habilidade excepcional do Dr. Laudelino Meira.

E na sequência temos a fixação, etapa em que se retira da emulsão os cristais de prata não transformados em prata metálica. Caso sobrem resíduos de haletos de prata, estes podem, com o passar do tempo, se decompor, manchando a foto. O fixador tem por base o tiossulfato de sódio, que reage com os cristais de prata tornando-os solúveis em água. O passamento de mamãe deu-se pela rotura de um aneurisma; algo inevitável. Ocorre, quase por fim, um passo importantíssimo para garantir a durabilidade e a qualidade da foto: a lavagem com água corrente, por alguns minutos, quando são retirados os resíduos químicos e permanece só a imagem da prata metálica. Esse processo se dá por uma difusão em que os sais, buscando o equilíbrio químico, migram do meio saturado para o meio insaturado (no caso, a água). Uma beleza. Mamãe tinha até uma espécie de ciúmes do meu hobby! *Você passa tempo demasiado com suas fotografias, Carlos Luis! Estes produtos químicos podem, ao longo dos anos, lhe fazer mal!* Ora, mamãe não podia prever o encanto que emana de todos esse trabalho que, embora seja um empenho diretamente ligado à minha atividade profissional, me permite reter elementos, detalhes, informações valiosíssimas para minha atuação e contribuição no exercício da medicina. Um casamento entre Arte e Ciência!

Por fim, a secagem. Deixo que as fotos sequem naturalmente. Nunca usei tecidos nem papéis absorventes; o máximo que tenho é o sistema de calefação que mantém a temperatura ambiente em pouco mais de 35 graus. Sim, é bastante abafado; por esse motivo, quando estou na câmara escura costumo trajar apenas um calção de banho, de tecido leve, para que possa me sentir completamente à vontade.

O almoço prático e nutritivo com as verduras que a Dona Deuzuíta deixa higienizadas. A tarde inteira para seleção e catalogação das fotos. Um pouco de música na vitrola. Belíssimo esse Concerto para violoncelo em Lá maior de Boccherini! Um chá de hibisco ao cair da tarde. Momentos de descanso na penumbra.

Hoje foi um dia memorável. Olhando essas fotos, cada pormenor, cada pose me enternece. A beleza da figura humana. Os delicados e variados traços dos rostos. A expressão de vivacidade nos olhares. O modo de pousar a mão sobre os joelhos. O formato de um queixo. Ah, a fidalguia deste tórax! Não compreenderiam, naturalmente. Não, jamais esperei que compreendessem isso.

2.

Chegam. Lugar degradante, deletério, abjeto, nauseabundo. Fundo de poço.

Espelunca dos diabo! Nem placa tem. Que será? Parece uma toca. Entramo numa entradinha e ficamo esperando. Escuro. Depois daquela salinha tinha tipo dum corredorzão com uma porta grandona no fim, mas não era qualquer um que passava pra lá. Um careca com uma tatuagem na testa perguntou *Trouxe?* e o cara que eu vim junto – o nome dele era Casimiro; única coisa que ele me falou no carro – fez sim com a cabeça e foi entrando lá pra dentro. Gritei pra ele:

— E eu?

— Te vira, mané!

Fiquei ali plantado. Lugar mais fedido. Fumaceira. Tinha uns três cara de pé bebendo e duas guria sentada no colo de mais dois num sofá. Música bem alta que parece sempre a mesma batida. Um calendário pendurado um vaso com flor de plástico um balcão com um monte de garrafa vazia uma pilha de pneu num canto um pebolim tudo arrebentado um monte de vassoura velha e balde. Não dá pra enxergar direito. Melhor fazer cara de valente que se os maluco invoca comigo eu tô ferrado. Queria que a Juceneide me visse agora – *Deixa no canal que tá passando os gol, porra!* Ah, eu é que nunca vou contar nada pra Juceneide. Os cara estão muito chapado! De ponta cabeça. Será que eu devia perguntar que lugar que é ali? Não, vai que eles se ofende. Tô pensando atrapalhado. Meio zonzo. É deste lugar, que nem dá pra respirar direito aqui dentro.

O magrelo de óculos me passou uma garrafa. Não tô a fim de beber neste gargalo tudo babado por boca dos outro, mas se eu rejeito levo uma bifa. Dei um trago. Devolvi a garrafa. O cara pôs na minha mão de novo. Dei outro. Um golão. Coisa mais ruim! Aí passou a erva. Eu nunca fumei esse troço. Tô é fudido! Dou uma puxada. Não vai dar pra enganar – fumo o troço. Tô sentindo esquisito. As perna bambeia. Com sono. Falei umas bobage, mas eles só me olharam. Uma mulher vem pra cima de mim. Mocreia. Falta dente nela. Não dá pra ver bem. Ela me puxa pra perto dos pneu. Eu tropeço. O magrelo me traz um copo com um negócio verde e fala *Vira, capiauzinho!* Se eu achasse onde que tá a minha mão direita eu metia um supapo naquele sujeito, *capiauzinho* é tuavó fiadaputa! Viro o negócio verde. A piranha tá abrindo o zíper da minha calça e eu tô com a boca numa coisa macia que nem sei que que é. Mas é bom. O Casimiro aparece no fim do corredor e chama *Aílson!*

Vou tropeçando até ele. Olha no relógio de correntinha, diz *Tô atrasado pra carai,* me deixa com uma chave na mão e some de novo. Olho em volta e vejo uma porta. Tento abrir mas a chave parece muito pequena ou a fechadura que é grande? Tento de novo. Abro. Do outro lado tem um salão bacana, com música e um monte de gente mas como que eu faço pra mexer os pé até lá? Tô caído na soleira. Minha cabeça tá enorme e não vai passar pela porta. A puta me traz uma garrafinha, dá uma gargalhada e a garrafinha me diz *Bebe.* Será que é veneno? Era bom. A cabeça voltou pro tamanho normal e eu consigo passar pela porta.

Vejo o Casimiro num canto do salão e ele tá usando umas luva preta. Ele não me reconhece e eu acho que eu não sou mais eu. Será que eu virei outro eu? Peraí: hoje de manhã eu era eu e então agora se eu me lembro de mim como que eu era, eu continuo eu mesmo. Tudo tranquilo. Como que eu tô com essas luvas na mão se elas estavam no outro cara? Me sinto uma mosca neste salão. Ah, é só sair dali, pegar um ônibus pro centro e outro pra casa que dá tudo certo. Amanhã cedo tô no trabalho. Susse. Anda com grande determinação. Chega só até o banheiro. Entra. Fala alto: *Minha graça é Aílson, muito prazer.* Um monte de gente sinistra. Escuta cada um dizendo o nome: *prazer, Dodô, prazer, Pato, prazer, Arara.* Nunca tive tanto amigo. Eles tava cheirando pó. Cheirei. Não lembro mais dos nome nem da cara de ninguém. Ah, lembro de um que parecia um filhote de águia.

II.

A grande alegria da vida da Deuzuíta era aquele emprego na casa do Dr. Carlos Luís. Maior médico da cidade, tudo mundo reconhece. Ele é pe-dia-tra que fala, dedica pra caso de criança, desde bem pequena, de nenê mesmo até começo de ficar mocinho. E ele conta comigo pra tudo aqui na casa, eu que faço as compra – ele deixa o dinheiro bem certinho – desde produto de limpeza até as comida, eu que cuido das plantinha e até do jardim eu que sou responsável de chamar o Seu Nicolato quando tem precisão de cortar a grama e podar as árvore em roda da casa. Faço o pão caseiro que ele gosta com bem pouca banha e deixo a janta preparada pra ele, bemdizê tudo dia, e nos fim de semana deixo tudo limpinho e cortado na geladeira pra ele só refogá. E arroz deixo pronto. Ele gosta daquele mais escuro. Às vezes ele escreve um bilhete pedindo uma sopinha. Mas deusulivre de botar macarrão que ele acha que fica com gosto azedo. É um amor de patrão. Quando a Nereide foi ter nenê ele me dispensou três dia e se virou sozinho com comida e roupa. No velório da mãe quando nós viu chegou uma coroa de flor coisa mais fina e ele que tinha mandado com o nome dela bem certinho e uns dizer de palavra num dourado. E no Natal sempre libera uma gorjetinha bem boa de presente e dá pra comprar muita coisa da Santa Ceia lá em casa que a gente gosta de reunir o povo e assa peru com recheio dentro e panetone. Eu vejo ele pouco porque ele levanta cedo pra ir lá pro Seminário dos Irmão e trabalha rente. Volta de noitinha. É custoso de chegar lá, tem que pegar o trecho de estradinha e quando chove é só lama aquilo. Ele dirige o mesmo carrinho faz desde que conheço ele muitos ano! Mas ele é louco pelo serviço, nem nunca vi dizer que ele faltou lá. Nem uma dor de cabeça nunca vi dizer que ele teve nem que engripou. E a falecida mãe, que trabalhou lá por 17 ano na cozinha, contava que ele atendia tudo os menino, mesmo pobrinho – que lá tem muito órfão deixado, sem eira nem beira, que chega tudo firidento – ele atendia com o maior gosto, tratava eles, não deixava espalhar piolho, ensinava tudo que moleque precisa de saber da saúde, cuidar dos dente e unha e tomar banho. Depois que eles fica mocinho o doutor tem que preparar eles pra vida lá fora quando eles sai, porque não é tudo deles que segue definitivo pra ser padre. Ele faz como fosse o pai dos menino, tem que contar as coisa de doença que pega – que hoje em dia a coisa tá feia – pra eles ficar esperto pro mundo. Pena que ele nunca se casou porque ia dar um paizinho bem perfeito! Não como o Belisário, aquele estrupício. Mas é difícil ele encontrar uma mulherzinha que se quadre com ele porque ele dedica demais na profissão. E se ele botasse esposa aqui eu inda perdia o meu lugarzinho! A Rosário falou que eu sou prevalecida só porque trabalho pro médico importante da cidade. Sou nada! Só faço questã de zelar no serviço, bem caprichadinho, não quero que o doutor decepciona comigo, e faz quantos ano que eu tô aqui! Tenho, claro que tenho no fundo uma soberbinha, mas é pouca. Quando eu cheguei, lembro bem igual que fosse hoje, ele me mostrou cada coisinha da casa, o jeito que ele queria que eu passasse e dobrasse as roupa, onde que guardava, como que lavava em separado os avental dele com lisoforme, que ele gosta que eu deixe pra quarar, como que ele queria os tempero, não pode com muito sal nem com gordura, e depois me mostrou a casa toda, cada gaveta ele abriu pra explicar o que que guardava e depois abriu um quarto que ele chamou de náoseioquê escura e disse: *Para que a senhora não fique com curiosidade a respeito de um aposento sempre trancado, vou lhe mostrar o que há aqui dentro.* É um quarto com janela tapada, bem escuro tem que ser, cheio dos equipamento e uns líquido fidido e coiso de fotografia que ele mesmo faz por distração nos fim de semana. Ali nunca precisa entrar nem limpar que é ele que cuida e eu nem nunca entrei. Jesusamado, tem uma montanheira de caixa de foto ali dentro, tudo guardadinho com nome e data bem ajeitadinho. O Dr. Carlos Luís é muito caprichoso com as coisa dele. Tem precisão nenhuma de botar esposa aqui dentro.

3.

Tudo gente fina! O Rato é o mais maneiro. Ele perguntou: Bala ou doce? A guria que tava do meu lado (tinha uns peitão acho que silicone) gritou doce e ele deu um papelzinho pra ela que ela grudou na língua. Eu disse bala e era compridinha. Era silicone a guria mas era bom. Minha cabeça tá rodando mais ainda e eu tô corajoso pra caralho vou sair daqui e vou até a Juceneide dizer umas verdade bem ditinha que se ela fica fazendo cudoce comigo eu arranjo outra bem fácil aqui tá cheio! O povo aqui tão fazendo uma zona. Gritaria. O Rato tá tentando contar uma história mas nunca termina. Saiu tudo mundo eu fiquei sozinho e comecei a chorar. Não tô atinando direito as coisa. O Casimiro apareceu nervoso procurando um troço feito desesperado. Falou pra mim: *Levanta capiauzinho e me ajuda a achar as luva!*

Eu não lembro que que é luva. Minha mão tá tão grandona! O Casimiro tá esquisito com a cara azul com a bocona que se mexe e os dentão pula lá de dentro e agora tô vendo um braço solto que deve ser dele que o meu tá bem aqui acho que é esse que tem um lagarto bem em cima. Tô um pouco confuso, melhor me apoiar nesta margarida que tá latindo e abanando o rabo. Fumei um narguilé com um traveco que perguntou *Quem é você?* Tô mudo. Ele: *Fica calmo.* Traveco das filosofia. Desci da tartaruga falsa onde que eu tava. Vi uma pomba gigante. Virei uma cobra. Um maluco com roupa chique de olho esbugalhado tipo de sapo falava com outro com cara de peixe convidou ele pra jogar uma sinuca. Barulho de louça quebrando. Fumaça. Comecei a espirrar pra caramba. Vi um gato rindo.

Uma mulher de cabelo vermelho bradou: *Te mete com a tua vida, seu escroto, ou vão cortar tua cabeça!* Deixaram um nenê chorando no meu colo. Coloquei o porquinho no chão e ele saiu trotando pelo meio das árvore. Perguntei pra uma boca avulsa como que eu fazia pra sair dali. Um maluco com chapeuzão me perguntou: *Quer tomar um chá de cogumelo? Um vinho?* Olhei em roda e não vi vinho nenhum ali. *Seu cabelo está precisando de um corte!* Não sei quem falou isso. Vi um corvo bem igual a uma escrivaninha. *Mas a manteiga era da melhor qualidade.* Tomei o chá. Vê lagostas dançando, mas não sabe que são lagostas. Acordaram o esquilo e ele confessou que tinha três guria dentro do poço comendo melado. Quer muito sair dali. Orra, quero sair daqui. Entro numa porta que dá pra uma árvore. Entro na árvore. Dá numa parede pichada e uns caras emporcalhado de tinta branca estão cobrindo o muro. Um deles me explica: *O Rainha não gostou! Tamo pintando pra evitar treta.* O Rainha é o chefe. O Rainha é um chefe bastante irritadiço, inflexível, hostil, colérico, belicoso – adjetivos desconhecidos mas atitudes atestáveis pela maioria dos seus súditos. Ele chega e convida Aílson pra jogar pôquer. Coloca um maço de dólares na mesa. Aílson tira a correntinha do pescoço e coloca sobre os dólares. Dão as cartas.

Sequência do Aílson: Às Rei Dama Valete e 10. É, todas do mesmo naipe. É, uma sequência real. É, tecnicamente o Aílson vai embolsar os dólares. É, não tem como o Rainha estar gostando dessa história. Fez as cartas voarem pra cima do capiauzinho. Depois disso ninguém sabe o que ele pretende fazer.

III.

Décadas fazendo o criterioso registro fotográfico dos meninos, muitos deles praticamente desde que nasceram, atentando com o máximo cuidado para seu correto desenvolvimento, tanto físico como moral. Quantas fotografias terá ali? Centenas, milhares. Toda uma vida ligada à beleza. Que prazer sempre teve em admirar aquelas criaturinhas tão belas. Um verdadeiro êxtase poder se dedicar, se entregar integralmente à adoração daquelas figuras. Dona Deuzuíta chegará para o trabalho apenas dali a três horas. Tudo cronometrado. A derradeira olhada nas fotos daquele que, entre centenas de meninos, foi seu favorito. Pronuncia o nome: Aílson.

Abre a boca e dispara a arma.

∞∞∞∞∞∞∞

Ah, irmã Rosena, grata demais da senhora ter vindo aqui no hospital logo que o pastor contou do meu noivo. Pois é, recolheram, uma viatura achou ele jogado num terreno baldio lá pras banda de Uvaranas! Não sei, ninguém sabe como que foi parar lá. Ele saiu lá de casa no domingo e não apareceu no serviço na segunda. Moço bom. Agora tá tudo quebrado, costela, braço tudo moído até esse ossão aqui do queixo, sabe, ele nem mexe vai ter que esperar muito até curar bem pra nós saber de como que foi o acontecido. Antes disso nem falar ele pode. Ladrão, tão desconfiando, por maldade dele não ter nada de valor na hora do assalto. Levaram a correntinha. Mas os documento nem relaram. Bonzinho de tudo. Do interior, sem vício, sabe como é. Educado num seminário, a irmã imagina! É ele ficar bom que nós logo casa!

Tô quebrado mas não tô surdo, Dona Juceneide. Nós casa coisa nenhuma! Depois daqueles pudinzão todo não dá pra voltar pra ovo frito.

(Em 2015; ao Senhor Lewis C.
e sua garotinha que ora completa 150 anos)

MARGENS PERSONALIZADAS

evite tudo o que puder se transformar em algo muito roxo ou alaranjado extremo porque

1) Pode lhe trazer dor de cabeça
2) Pode se tornar algo comprido
3) Pode ser tornar algo tão bonito que você chora no fim
4) Pode ser.

ao descer as escadas ela pensou:
"– Nunca medi a altura dos degraus!"
Teriam tido a mesma sorte?

além:
Uma mocinha sentou-se. Uma menininha caiu.
Um joelho esfolou-se. (Sangue pois, que garantamos a realidade).
Um urubu lá no céu.
Isso pode ser numa praça. Isso pode ser não ao mesmo tempo tudo que foi mencionado. Isso pode ser apenas uma parte que se acomodou em um certo minuto.
Nunca esquecer que foi um fragmento de minuto. Uma olhadinha. A cena toda. Aquilo que fez a diferença.
Aquilo que faz a diferença nunca leva horas, dias, semanas.

entre uma azeitona e um amendoim (ela, espetada, ele projetado pra dentro sem necessidade de estilo), o senhor – do qual suprimiremos nome, idade e maiores detalhes –, riu discretamente.

evite tudo que puder se tornar doce com o tempo ou bege
Principalmente a chuva miúda vista da janela
Principalmente um daqueles patinhos de plástico que guincham
Principalmente uma lista
    1) Um dos meus melhores amigos
    2) Um dos meus melhores amigos matou outro amigo
    3)
    4) Um cara que eu nem conhecia matou a mulher do melhor amigo dele
    5) Nascem e morrem todos os dias: cobras e dúvidas.

claro que o erro foi olhar por baixo da pedra.
Foi uma tolice querer ver o que havia por debaixo.
Claro que foi uma besteira querer remover a pedra, ficar com uma dor danada nas costas, só pra saber o que tinha embaixo.
E aquela senhorita postada na porta, que olhou apenas, não poderia ter antecipado nada. Não tinha obrigação nenhuma de dar conselhos.

O mesmo senhor de nome e idades suprimidas indiferentemente surgirá.

Conta-se que atropelou uma vaca.

Ele tem apenas metade dos dentes.

Um dos meus melhores amigos tem lembranças na cabeça.

Está trancado em um quarto, fica o dia todo debaixo da cama e a mãe dele que já é uma velhinha, mas tem que trabalhar duro todo dia, abre uma fresta e põe um prato de comida no chão e empurra o prato e fecha a porta bem rápido porque se não estiver dormindo ele vai fazer um estrago.

Quase sempre está dormindo lá pelas 9. Ela chega do trabalho às 8, então dá certo.

Um dos meus melhores amigos chega do trabalho às 8:15 da noite e tem que pôr a comida num prato e dar pra mãe dele.

Ele não tem outra mulher.

quando a primavera aparece as pombas deixam o telhado da panificadora.

A primavera é um graveto.

Mas com um verdinho bem discreto quase duvidoso na ponta.

Um urubu lá no céu independe de estação.

Panificadoras também, com seus telhados.

evite tudo que puder se transformar em algo muito mole.
Principalmente
a) os relógios com certificado de garantia
b) as catracas porque têm este nome
c) as meias de seda com furinho
d) a nata sobre o morango depois de cinco dias de exposição
e) borboletas de tecido

Um dos meus melhores amigos errou ao querer olhar pelo buraco da fechadura.
O erro sempre é instantâneo.
Os achocolatados também.
Ao descer as escadas ela pensou: "Pra onde mesmo?"

engasgou-se na hora mais importante. Isso foi irreversível.
Evitou tudo pedra primavera joelho e poço. Esqueceu-se dos ossos.
Talvez um dos meus melhores amigos fosse eu.
Um dos meus melhores amigos e a mãe dele eram eu.
Sempre fui eu.

TOURNIQUET

Fica quietinha que a mãe vai tomar um banho. A mãe foi no salão fazer as unhas. Liga depois que a mãe tá dormindo. Foi no shopping. Agora não que a mãe tá cansada. Foi na farmácia. Tua mãe não foi na reunião dos pais? Comprou um vestido novo pra ir pro trabalho. A mãe não foi ao supermercado. Vai chegar mais tarde hoje. A mãe esqueceu que era o aniversário. A mãe não vem no fim de semana. Comprou sandálias roxas pra ir pro trabalho. A mãe não apareceu desde quinta. A mãe foi passar as férias com o gerente. A mãe nunca mais saiu da banheira.

Manusear de peças raras. Manhã, eu me alimento de esferas. Os procedimentos os uivos as presas umedecidas, tudo talvez me torne recipiente e reconheço um brilho e um lapso. Tarde, talvez alguém impermitido sobe essa escada, os estreitos os sons são conversíveis. Não velo coisas que entristeçam. Penso ampliamentos. Uma voz não areada liga. Ligará de novo depois das cinco das dez das quinze e novamente. Conteúdo: relógio, voz, jades e embrulhos. Fim da tarde, as formigas voltam. Voltam lembranças imparcializadas. Eu tive medo alguma vez confesso. As imagens são impenitentes. Obstinei em águas e lençóis moídos. Rasguei o almanaque sem nenhuma pressa. As traças solfejaram uma canção francesa. Colecionei matérias desusadas. Supõem-se muito pouco depois da sopa do vinco do soluço do esmalte do verniz do betume

do sangue.

Teu pai é um cafajeste. Teu pai é aquela estre- linha ali, tá vendo? Teu pai era lindo. Teu pai sabia falar inglês. Teu pai tinha uma casa enorme naquele bairro chique. Teu pai pilotava avião. Teu pai adorava esquiar. Teu pai trabalhou de garçom por dois anos naquele restaurante ali, tá vendo? Teu pai tinha olhos verdes lindos. Teu pai não tinha um dente na boca. Teu pai sempre me mandava flores. Nem pra te dar um sobrenome, aquele desgraçado do teu pai. Come o bolo. Para de fazer essa cara de choro. Por que está olhando pela janela?

Para falar de certas coisas: inventar um roteiro vindo de trapos. Inventei um mapa da rede de esgotos e mais os ratos e suas famílias. Para falar de certas coi- sas pari um diagrama mostrando o curso do sangue arterial e mais o mistério dos trombos. Me desloco com incrível destreza. Estou muito bem. Na minha cabeça há pequenas pedras cinzas. Quando o primei- ro toque pela primeira vez as mãos flores. Quando to- caram pela última vez as mãos engolir águas. Depois que a porta se fecha há o mundo. Seria uma pergunta: não podemos ser. Neste que é o mundo somos um outro somos só o imediatamente somos da mesma forma apenas depois.

Vem aqui com a vovó, querida. Vem aqui que o vô tem um chocolate pra você. Vem aqui que a vó com- prou uma revistinha pra você. Vem aqui que o vô vai te levar na pracinha. Vem aqui e dá um abraço na vó. Vem aqui e dá um beijo no vô. A vovó te adora. O vovô te ama muito. Fica boazinha que no Natal você ganha uma boneca que fala. Olha que linda a minha netinha ela se chama, como é mesmo? Por que o teu pai é tão velho? Por que a tua mãe é tão velha? Por que você nunca viaja nas férias? Por que você usa essas roupas estranhas? Por que você não tem uma lancheira igual das outras? Fica quietinha que no Dia de São Nicéforo você ganhará um par de ases.

Por fim não compreendemos viver dentro do milagre. Aquelas brincadeiras aquelas lembranças divididas aquelas horas de risos aquelas coisas todas quando se dizia o eterno era apenas milagre. Era desfeitura lenta lenta irreversível e pensávamos que eram flores novíssimas e incorrosíveis. Algo me prevenira, algo me alertara sobre o mundo lá fora onde há apenas siso. Onde há o preço do tempo, onde há uma fruta envelhecendo o que era perfeito. Onde o desmoronamento delicado menos que ingênuo. O mundo (pergunta) será avesso a paraísos. Estamos somos (pergunta) num tempo que rege e escoa num topo num limbo será.

Ela se queima, doutor. Ela não fez as equações de matemática. Ela amassou o vestidinho novo. Ela maltratou o cachorrinho. Ela se perfura, doutor. Ela não terminou a redação. Ela faltou à catequese. Ela deixou morrer o peixinho. Ela se mutila, doutora. Agora arranjou um namoradinho. Escuta músicas esquisitas. Essa noite conseguiu dormir duas horas, graças a Deus! Sim, se alimentou melhor. Fica no telefone com uma amiga. Inventou de dançar até de madrugada. Não, deixou de se alimentar. E novamente.

Estava num elevador num teatro na fila de espera num frigorífico. E escolhi um rosto e mãos que apagam o cigarro a boca que traga

que boceja

que pede mais uma cerveja

que faz uma pergunta incompleta

que destina tempo a flores de pano

que desfaz aos poucos os fios da trama

que gargalha

que nada diz. Que, pensando bem, disse que o mundo é dentro e eu copio a sua frase aqui - não sem medo de pisar nos cacos não sem medo de que o seu rosto me assalte e as incertezas.

Fim do dia e a própria tarde desce a rua. Remendo imensas pilhas cheias de imensos. Por isso remexi nas conchas sobre os panos. Por isso desacreditei que importavam rastros. Por isso lamentei não ter velado os máximos. Reverter o mérito desta flor ousada. Por isso reinvento os ínfimos como se enormes.

(Fica quietinha).

PRÁTICAS DE LINGUAGEM

Glenda

inventei esse nome pra você. Evitemos nossos verdadeiros. Não se preocupe, durará apenas um parágrafo. A resposta será direta sem rodeios na lata irreversível. A resposta é não. Não me casarei com você no próximo equinócio. Os trajes finíssimos comprados para a ocasião resultaram inúteis. Só amo por dinheiro. E (averiguei) você já não tem direito à partilha porque escorregou durante os trâmites e agora é tarde. Vou dormir. Não sem antes observar que detesto a vulgaridade com que você gargalha. Percebi isso na celebração de anos da idolatrada Tia Deizy quero dizer na missa de sétimo dia

Glória

é inevitável que nos encontremos. De nada adianta você não participar dos jantares beneficentes em casa de Sebastiãozinho de nada adiantou você faltar ao batizado dos filhos dos novos vizinhos de nada serviu você ter se abstido de frequentar a prática de castração dos gatos públicos de nada adiantou não ter aceito subir ao púlpito por medo de me olhar de frente de me encarar de ter que dizer "saúde" caso eu expirasse. Sei que não gosta de envolvimentos sérios. Mas talvez moremos no mesmo prédio embora em continentes diferentes. Moramos no mesmo planeta. Um conselho: mude-se

Gláucia

não coma os pastéis que enviei com o cartãozinho amável por favor entenda que estão envenenados. Não foi um presente sincero não foi uma demonstração de estima benquerença ternura. Eu não sabia como contar isso: dormi com alguém que você não aprovaria. E foi num quartinho torpe foi execrável sei que isso lhe faria soluçar. Dores a mais não são convenientes a uma pessoa em estado de decantação. Eu não sabia como contar que é sublime aquilo com alguém que não pertence à nossa família. Não tenho palavras de conforto todas são de péssima qualidade e se rompem ao menor sopro

Greice

os documentos todos estão dispostos aqui na minha frente. Não posso e não ousaria negar as palavras que ora leio examino toco. Mas acabo de constatar: somos primas. Somos primas siamesas. Dividimos o mesmo vestidinho de cretone o patinete na infância o assento do balanço o mesmo lanche na escola comemos sempre o mesmo pão. Fomos separadas em algum momento mas nada restou na memória e as pessoas negam: a primeira professora nega o padre a quem confessamos nega a governanta alemã que nos educou para o casamento com um nobre nega e esses documentos não negam

Gilda

eu jamais teria tempo para nossos filhos. Jogue-os montanha abaixo como naquela peça de noh. Eu jamais teria tempo para decorar conferir sabotar a quilometragem do carro. Eu jamais teria tempo para provar a geleia a alga a correnteza que você com tamanha sabedoria preparou. Porque tenho que sair neste exato momento para multiplicar. Sou talvez um grande homem. Veja as fotos que galhardia que garbo. Preste atenção ao meu vocabulário. As histórias que fabrico são de heroísmo de ataque de saque de uma emoção

que seu coração desconhece. Corra pra cozinha pra
pira pra baixar o fogo

Geisa

você está equivocada quanto a mim. Os ruídos os
gritos os sussurros que você escuta vindos do apartamento de baixo são cometidos pela viúva Raymond. Aluguei
o apartamento a ela faz mais de vinte e sete anos. É ela
que grita de prazer de ódio de medo de luxúria de tédio
grita feita uma airada. Já foi levado ao síndico tal assunto. Há anos você me julga ostensivamente e está errada.
Por essa não te perdoo. Mas sim pelas mensagens sem
arrependimento e pela perfeição da sua letra nas cartas.
Levo o rouxinol mas deixo a gaiola da qual você gosta
tanto. A resposta será direta: não é não.

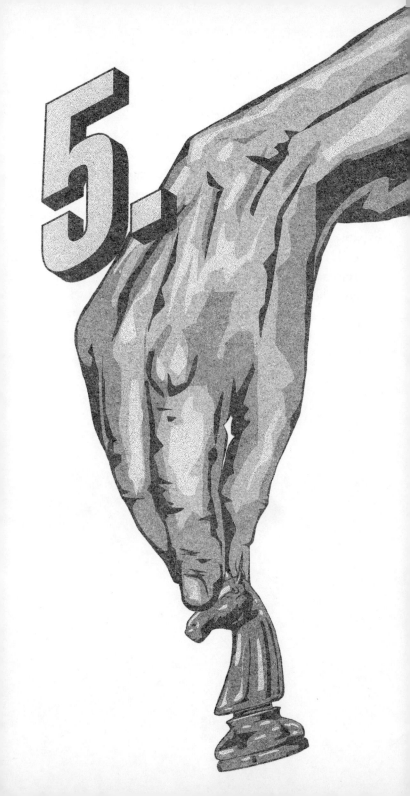

ALIÁS

Nunca tive a oportunidade de (por exemplo) batucar uma ária na caixinha de fósforo nunca pude andar com a camisa pra fora da calça nos dias santificados e nem assobiar uma corruptela de chorinho – do que deriva que nunca ninguém me interceptou na rua no elevador da firma na fila pro confessionário pra perguntar se era composição própria, se já tinha surgido a chance de gravar um demo, se eu já tinha pensado em participar de algum programa de auditório.

E deixar um palito de dentes pendurado na boca? Nunca. E usar chapéu? Fora de cogitação. Nem na praia, na temporada, nunca pude. Nem boné pude porque corre solto por aí que ainda não se tem informações confiáveis de que essas práticas estão ou não ligadas à calvície e/ou quiçá à febre do ouro. E a maior injustiça (por exemplo) é que eu nunca pude sentar na janela do ônibus que era sempre vez da Janusa, que é minha irmã dois anos mais velha. Dois anos é praticamente quase nada, mas quando podia a Janusa jogava essa na minha cara: *Mais respeito! Te peguei no colo, criatura!* E nem era verdade absoluta isso porque a prova cabal era que só tiraram uma foto dela, um reles retratinho, sentada no sofá da sala de visita e eu no colo. E foi só uma vez.

Essa história podia ser sobre a Janusa já que (por exemplo) se casou e sempre fez lista de supermercado e sempre fez as unhas uma vez por semana e sempre recebeu cartões de Boas Festas e teve vários filhos. Uma é normalista. Um é viado. Um é meio gago. Uma trabalha numa fábrica de vela. Um coleciona meias antigas. Um botou pra fora uma lombriga enorme. Mas a gente não comenta essas coisas. Casou com um motorista de táxi, tô falando da Janusa, e sempre teve cortina xadrez engomada na cozinha e fruteira com frutas da época como (por exemplo) bananas. Casou-se aos dezessete anos e portanto virgem.

Algum editor podia até pensar em publicar a história da Janusa. Algum psicólogo desses que dá entrevista no rádio podia, à guisa de introdução (por exemplo), acrescentar um estudo detalhado sobre a personalidade da Janusa um padre podia fazer um sermão aos fiéis dele aproveitando a coisa do hímen, digo, da importância de manter-se o sagrado lacrezinho até pelo menos os dezessete pra evitar que o marido na hora de uma briga (por exemplo) nunca pudesse soltar essa: *Você não passa de uma vagabunda*. Ou alguma outra frase de caráter duvidoso.

Casou-se com o Brígido e ele nunca a traiu era fiel fiel mesmo, embora pudesse, se ele tivesse querido, usar a desculpa da gota (por exemplo) e da irritabilidade crônica e do aumento da gasolina pra botar um chifre. No máximo às vezes ele praticava as coisas no chuveiro (por exemplo) sozinho mesmo sem a participação da Janusa, mas isso ela nem desconfiava e nunca chegou a afetar substancialmente o matrimônio.

Esta história não é sobre a Janusa é sobre coisas mais nobres mais práticas mais úteis, coisas mais profundas se é que ainda não perceberam. Eu acho que falar de nuvens, tipos de nuvens (por exemplo) pode ser uma boa pedida; sempre me lembro daqueles almoços na casa da vó Teodolina em que a família discutia durante horas (discutia é modo de dizer, é bom explicar porque alguém pode ficar encafifado com a coisa de discutir e mastigar ao mesmo tempo, já que era almoço) formato, velocidade de condensação das partículas (VPC), efeitos de suspensão e liquefação, dimensão, estágio, aspecto, distribuição espacial e convecção e outras coisas mais que as nuvens são, fazem e têm. Altos papos – dava gosto de ouvir. E o Tio Hibério sempre vinha com aquela piadinha sobre a diferença entre uma nuvem e uma gata no cio e nunca ninguém achava engraçado porque era uma piada velhíssima e assim invariavelmente se encerravam os almoços e eu sempre ia pra casa (de carona na Kombi do Tio Reno) morrendo de pena daquela piada desengraçada mas na segunda-feira já tinha esquecido, quero dizer, me recuperado.

Das nuvens depende a vida dos pilotos. Foi a Tia Grata que veio com esta conclusão meio poética meio axiomática. Isso foi num aniversário acho que da Prima Rosárea (por exemplo) e todos ficaram em silêncio para refletir até que o Vô Nico bateu palmas – duas, tap tap, de modo enérgico (porque ele foi militar) – e decretou: Agora chega! E cortaram o bolo em muitos pedaços porque era uma gentarada naquela sala e comeram em absoluto silêncio, até com certa dificuldade em engolir, porque todos pensavam no piloto lá em cima e na mulher e nos filhos do piloto cá embaixo. E teria amante nesta história?

Eu bem que podia ter tido pai piloto, mas meu pai fez duas coisas na vida (falando profissionalmente): a) foi lutador de esgrima e representou um Clube meio importante na época e depois foi b) trabalhar numa vendinha lavando engradados de refrigerante pra evitar que juntasse barata. Naquele tempo as pessoas diziam "casco" pra garrafa e era isso que o pai fazia, lavava os cascos. Tinha equipamento completo que incluía luvas e botas e uma mangueira com jatinho na ponta. Às vezes ele usava uma capa (no inverno, por exemplo). Ele adorava a profissão, vivia assobiando; trabalhou naquilo até que o Vô Nico caiu no conto do bilhete e foi um pampeiro lá em casa e o pai teve que ir atrás do sujeito que tinha enganado (falava-se "ludibriado") o vô e acabou perdendo dois dias de serviço. O chefe dele não teve paciência (era esquentado) e despediu ele. Aí o pai não encontrou mais emprego porque a esgrima (neste meio tempo) "tornara-se obsoleta", como afirmavam alguns ou, como afirmavam outros, era "algo das elites". Eu sempre estou pra procurar no dicionário o que é "elites".

Quando a gente está num momento de tranquilidade no ônibus (por exemplo) e uma senhora de meia idade recém-saída do shopping (os olhos brilham) ou do banho (ainda tem a touca) interrompe e pergunta: *Por gentileza, se o ônibus está a 32% de km/h no sentido anti-horário, poderia me dizer qual a distância em moles entre a parada do ônibus e a massa do quadrado da próxima esquina em que fica a panificadora?* Ela emite um sorrisinho. Eu tenho admiração por esse tipo de gente que se esforça pra dar início a uma conversação amigável. Se eu soubesse a resposta correta, o valor de x (por exemplo) eu desceria no próximo ponto, tomaria um café na panificadora, um pão de queijo quem sabe dependendo se tivesse com cara boa, e com o troco comprava passagem pra outro ônibus, um que fosse pra bem longe bem longe a fim de sentar-me novamente e continuar a reflexão interrompida pela senhora recém saída das compras ou do chuveiro.

Mas eu tive que inventar que essa senhora aí em cima existia e que me fez a tal pergunta porque fica um monte de conhecimento entalado na cabeça da gente: na 4ª. série (por exemplo) te obrigam a decorar que BR liga o que com o que; na 5ª. você decora o nome dos filhos do primeiro casamento dos governadores das capitanias hereditárias; na 7ª. (pulei a 6ª que eu reprovei e tenho ódio do conteúdo) tem prova oral sobre os povos bárbaros e neste exato momento eu só me lembro dos alanos e dos hunos – e tem godos e visigodos, até que eu lembrava de 4 dos 14, ainda bem que não tem mais prova oral. Não tem mais um monte de coisas. Coisas para as quais fomos sempre treinados. Hipotenusas (por exemplo).

E a Dona Astromélia fazia a gente decorar os aumentativos (boca, bocarra), os diminutivos (raiz, radícula), os coletivos (conspiradores de assembleia secreta, conciliábulo) e os femininos. De elefante não é elefoa, como o Valmiro pensava. Faz dias que ando com isso me atucanando (vá que alguém pergunta pra gente no consultório do dentista, por exemplo): E o feminino de elefante no plural? Aliás. Viu porque esta história não podia ser sobre (por exemplo) a Janusa?

JOGANDO CARTAS COM T. S. ELIOT

Vital ter um desses conjuntos saia/blusa de tweed no armário – a vendedora bem preconizara – porque nunca se sabe quando é que o telefone vai tocar e é a Prefeita, Jurema Schultz, lhe "convidandinho, queriiiida!" pra receber um poeta inglês de passagem pela cidade. Não lembra o nome do dito, mas "é cheio dos prêmio!" e ela está ansiosa pra mostrar sua arrojada "plataforma culturo-artística" que inclui a I Feira Literária de Curitiba (doravante, Flicu) e, caso tenha sucesso no encontro de hoje, contar com o donairoso bardo saxão na programação da mesma. Não, eu nunca havia recebido um telefonema do Gabinete da Prefeita (GAPE); só lembraram de mim porque a intérprete fora acometida por forte cãibra nas cordas vocais e cancelara a coisa e eu afinal sou professora de poesia na UFPR e tenho 40' pra estar no local da "reuniãozinha". Vital, de fato, que se possa chegar a um evento desta monta em traje adequado.

Se alguém usou o termo *correlato objetivo* pro efeito que a arte produz ao articular seus componentes de tal modo que resultam numa experiência sensorial evocadora de uma impactante emoção, deve ter pensado também num termo pra descrever a articulação de elementos sinestésicos de modo que resultam em um tilt uma avaria uma pane emocional absoluta (*irrelato objetivo?*), sendo exemplo disso você chegar num GAPE da vida e dar de cara com: Thomas Stearns Eliot numa poltrona segurando uma guampa de tererê. Não, num momento desses você não lembra de avisar suas pernas mãos unhas orelhas pra tentarem tremer menos. Só Hórus pra saber como é que você logrou apertar a mão daquele senhor alinhadíssimo e disse, num misto de tartamudeio e estridulação, *How do you do*. Felizmente Jurema logo contextualiza: ele está fazendo "tipo uma escalinha aqui" rumo a Ushuaia onde reverá amigos de infância e o tererê, já que são 5 da tarde, é "tipo ti-táime" só que com erva-mate; mas "ele puxou a bomba errado ou achou amargo porque deu só uma bicadinha". Ah, agora sim, está claríssimo!

Dirijo-me a T. S. Eliot para me desculpar pelo atraso, *the traffic jam* e a Prefeita me admoesta "Não fala de tráfico! Conta que a Flicu vai ser joia! Regional do Janguito, o Grupo Nymphas; e o Ademir Plá já confirmou! Tamo pensando numa mesa-redonda com ele e o Dalton! Na Arena da Baixada. Depois, jantar em Santa Felicidade, explica que é rodízio de massa". Antes mesmo de eu começar a falar, o Sr. Eliot tira um baralho do bolso do paletó – todos os dias joga cartas às 17:17 – e me pede para conversarmos a sós.

Saem Jurema e séquito.

Que tipo de jogo um indivíduo atilado, imoto, insigne, sengo, eremítico como T. S. Eliot gosta de jogar? Poeta dessa envergadura deve jogar pôquer, truco, escopa, tarot! E se me convida!? E se as apostas forem altas? E eu lá sei algo além de rouba-monte?

Embaralha. Diz:

— Continuemos, então, tu e eu, quando o poente se espraia no céu, feito um paciente anestesiado sobre uma mesa.

Dispõe cartas sobre a mesinha de centro.

— Bem, estamos planejando um Feira Literária, em abril...

(silêncio)

— Abril é o mais cruel dos meses (...) misturando raízes fracas e as chuvas de primavera.

Não me deu carta nenhuma: jogará paciência. Sozinho, só, desacompanhado, isolado, solitário e feliz.

Respondo:

— Aqui será outono; se o senhor aceitar vir poderá conhecer os...

— Pois já conheci todos, todos eles conheci; conheci as tardes, as manhãs, os entardeceres.

Move um 7 pra direita; vira outra carta. Olha ao redor.

— Se houvesse água aqui e não rocha se aqui houvesse rocha e também água e água uma fonte...

Não tinha água. Não ouso perguntar sobre o tererê.

(longo silêncio)

Ele desiste daquela partida, recolhe as cartas, embaralha, começa outra. Tento encetar um diálogo:

— Por que é que a paciência tanto lhe agrada?

— Creio que é a coisa que mais se aproxima de estar morto.

(silêncio)

Desloca o 9 de copas e diz:

— Sairei às pressas, assim como estou (...) Que faremos amanhã? Que faremos alguma vez? (...) jogaremos xadrez, cerrando olhos sem pálpebras e esperando uma batida à porta.

Batem: a Prefeita, claro, anunciando que já "vão levar o Mister Hélio no aeroporto". Me pergunta: "Topou?" Sim, sim, ele está sobremaneira animado pra vir à Flicu! Vai só conferir na agenda a disponibilidade e avisa – manda um *whatsapp*. E a gente vai se falando pelo *face* também.

Como o protocolo da OMS recomenda só um *irrelato objetivo* por dia (sob risco de difteria súbita) não vou falar muito sobre a próxima cena em que a Prefeita "em nome de todos os curitibanos natos ou radicados" entrega uma "linda lembrancinha" ao Sr. Eliot.

Ele, pasmo, aturdido, estupefato, atônito, agradece dizendo:

— Datta, dayadhvam, damyata.

"Traduz aí pra gente, profe! Ai, inglês é tão difícil, né?".

Ele disse que vai pensar com carinho na nossa oferta.

A PEÇA INTOCADA

Aqui a história dos corpos quando se encontram A
história dos corpos quando jamais se encontram A
história dos corpos quando nunca mais se encontram
A história dos corpos que nunca se desencontraram.

As medidas tomadas pelo alfaiate As medidas tomadas
pela direção da empresa As medidas tomadas por você
alteram o curso desta história e me desabilitam. As
medidas tomadas por você me trazem de volta e eu
porejo contentamento e sei os nomes de novo.

Aqui a beleza dos corpos se espalha se reconfigura
Aqui os corpos não foram identificados os corpos
todos centenas do naufrágio da queda do avião no
oceano o invisível dos olhos pela janela – qualquer
uma – serão adeuses no ar.

Substantivo e feminino a peça a parte a porção, cada
um dos elementos que correspondem ao encaixe
Ah, me diga para falar do encaixe, me diga e eu falo,
falo do encaixe único, da perfeição daquelas noites
o encaixe absoluto na integridade daquele escuro
onde as mãos surpreendem até a si mesmas e quedam
naquele desarrimo. Me diga para contar os segredos
úmidos em todos os ouvidos do mundo a expressão é
tão delicadamente que até a flor se entrega até a areia
se entusiasma com sua própria branquidão.

Disseram-me para preparar o tabuleiro. Cada
uma das peças a ser disposta cada um dos tiques
cada suspiro cada regra cada esquecimento cada
combinação arriscada cada riso cada fastio cada
precariedade cada beijo cada imensidão cada deslize
cada fato consumado cada espantalho que gargalha
cada raposa que ruída cada azul que esmaece cada
compasso cada escureza das almas cada detalhe.
Disseram-me e talvez não tenham dito que o manual
permanece na gavetinha da cômoda – aquela sobre
a qual nunca se perguntou Existe ainda a chave
ou A chave existe? Disseram-me e talvez mentiras.
Disseram-me e era de fato a verdade. Eu vi
eu toquei eu transbordei eu recuperei os sentidos.
Eu comi a fruta.

Cada peça corresponde a uma casa a um quadrado
bem definido a um exército a uma estratégia. Cada
peça tem seus segredos tem seu rubescimento
como cada centímetro tem sua própria e inesperada
inventiva. As peças que avançam casas e casas em
direção ao horizonte podem ser chamadas de pedras
as pedras tombadas no tabuleiro as pedras retiradas
sem vida desse jogo as pedras tomadas pelo inimigo
as pedras que comemoram a conquista do território
e depois esperam esperam esperam todas juntas –
corpos dilacerados e corpos que exultam – no olvido
daquela caixa perfeita de madeira nobilérrima. Não se
pronuncia palavra sobre as conquistas porque também
as palavras esperam.

Ah, me diga para falar das pausas para falar da peça
arrematada num leilão da peça de dramaticidade
cômica da peça que se arrola para a defesa dos réus
prescritos da peça de tecido fino e incomparável
com que se confeccionará a mortalha o sudário a
roupa do baile a roupa do melhor domingo a roupa
imparcial de todo dia a roupa da aurora a roupa do
amanhecimento a roupa de se esquecer. Me diga
para recuperar todas as histórias sobre a peça daquele
pano que é a melhor urdidura que é o canto com as
melhores vozes. Eu agora não sei falar sobre o tecido
que apenas vejo e vi. A peça de um tecido imediato
com que se cobre o leito a peça com que se faz um
lençol avulso. São metros de história são metros de
histórias que ninguém jamais pode contar porque se
fizeram na areia e na ausência da luz.

Existe uma planta da casa para que não se percam
entre os cômodos. Existe um mapa destas terras para
que jamais se percam (homens e disciplinas) entre as
árvores iguais da floresta. Existe uma trilha feita de
migalhas que comerão os pássaros. Existe uma peça da
casa onde nunca jamais se entraria.

A noite, por fim, vai alta e os sábios dormem com
tolos num abraço tão indissociável que se esquece da
pretensão de descrevê-los.

A dor, por fim, tenta pregar peças o tempo todo se in-
sinua e se infiltra porque tem inveja da suavidade dos
contornos. (Ah, não me diga pra falar da dor porque

ela tem a má índole dos enganos que nos infligimos, das penas que nos aplicamos do ludíbrio e do que é oco). E eu nunca quis causar contrariedades e nem suspender infinitos eu entreguei um artefato limpo aqui um buquê um ramalhete de sentenças esculpidas num mármore que nem o rei jamais pode ter. O mármore que escorre.

O amor, por fim, sendo fortuna ventura risco justa celebração será no teu corpo que preparo a boa sorte de poder tanto viver.

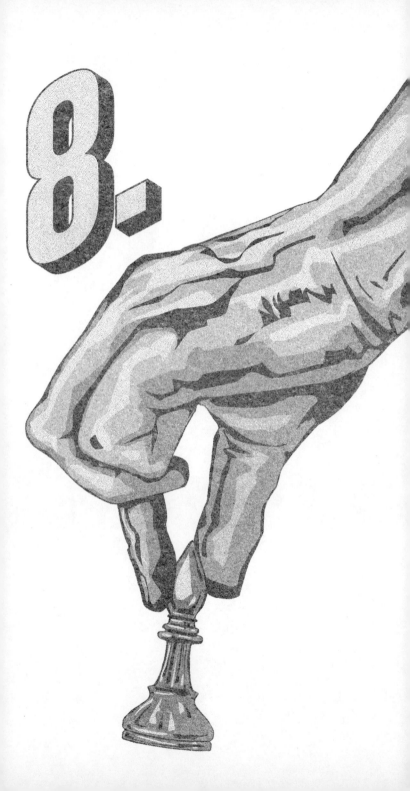

OS RUDIMENTOS DA JOVEM BERTHE
(CONTO EPISTOLAR)

04 de maio

A argila é uma substância terrosa de alta plasticidade e traz grandes benefícios à pele como prevenir os efeitos do tempo. Os aços são ligas de ferro e carbono endurecidos pela têmpera. Por forja pode-se deformar o aço. As cordas do piano são de aço temperado. A argila pode ser moldada com as mãos ou com um torno ou com uma ferramenta específica em forma de faca. O aço é resistente à corrosão e tem uma enorme vida útil. Há potes feitos de argila e são frágeis. Vêm à memória as seguintes palavras: barro, oco, ornamento.

De mim não sei contar por enquanto porque ora me detenho na investigação de um fenômeno convulso: o quintal da casa pertence ao mundo e assim os sonhos que se sonha pertencem ao processo de fundição.

Meus olhos que olham pombos e seus maneirismos aprendem sobre o peso e a urgência. Pelo buraco da fechadura passou toda a paisagem passou o cosmo o segredo o dorso que eu amo e o início da estrada. E a casa será sempre a mesma: é onde se faz o código. Onde se mora há sempre luzes. Não há inimigos aqui e nem portentos; há apenas a noite onde se fala muito baixo.

Olhar o mar é existir numa firmeza a mesma que a do porto a da gaivota a deste cheiro de mar. Salva-me o imediato. O navio move-se o horizonte as asas movem-se e eu me desfaço e volto e sou o lado oposto que se assume.

09 de junho

As pedras são agregados e ao mesmo tempo são fragmentos são calhaus, pedras são partes que se desprenderam. O pólen é o minúsculo que inventa a reprodução. A Terra, que é só uma ideia, tem uma camada dura rochosa que a recobre; por isso compreender que o todo é rocha e ao mesmo tempo o etéreo que tentamos conservar. Palavras que uivam: magma e fóssil. A febre do feno é causada pelo pólen da *lolium perenne* uma gramínea. Pétreo é o granizo esta chuva congelada que assisto cair impassível num estrago como se fora espetáculo. E depois a pedra volta a ser água e escorre e encharca e evapora. Quando bate o vento as margaridas são indiferentes à direção que tomam. Nas tempestades idem.

Madrugada é uma janela com luz o que agora eu sou. Olhos dos gatos faíscam e só verei o que se sabe pelo retrovisor e é linda a história ali as falas reproduzidas entre as horas justas. As flores que se abrem sem perguntas têm o mesmo consentimento que inaugura o orvalho e o macio da pele e poder tocar um corpo que tanto se quer.

Jamais contradizer o desejo do mar aberto os cinzas da arrebentação. A origem dos seixos no desmedimento. É como ficar-se único. É parecença. Assim é aquela nítida somação. Saudade é um exílio que não vivo. Tristeza é um naufrágio que não quis alentar. Desterro é uma balada que jamais cantei nem robusteci. Não rego flores da aflição, já que quero uma voz que descreva trilhos por onde chegarei na manhã seguinte. A grande cidade é um vilarejo. Cada pedaço é reconciliação. Coleciono as palavras sobre o papel para garantir que dancem e que consagrem infinitudes. Se pode viver sem epílogos?

28 de junho

A bétula é recoberta por uma casca às vezes prateada às vezes branca. Seu nome já foi árvore da sabedoria. Daqui não vejo bétulas elas estão sempre nas melhores memórias. A luz é uma onda que o olho percebe. É um comprimento cheio de grandezas um fenômeno sensível, ela tem partículas e pode percorrer trajetórias e propagar-se em vários destinos. O que sei de momento.

Só hoje ponho os pés na água. Queria restituir à minha vida a seriedade desse inseto sobre a malva. As palavras que tangem o imediato: solúvel, exuberante, voo. À meia-luz eu sou um pierrô saído do baile sou o vison com cheiro de armário eu sou o bem-te-vi espacejante eu sou a serpente ambidestra à luz do sol eu sou o pequeno herói que tapou os ouvidos com cera e sem estardalhaço sobreviveu. Nada me convidou a nenhum tipo de guerra. Não quis contar incidentes inócuos não quis me distrair com certezas só para suportar a lentidão. Acontece pouca coisa aqui. Talvez eu deva desculpas pela falta de assunto. O joão-de-barro três vezes fez sua casa e o vento a derrubou tudo isto acompanhei. Ratos no paiol passeiam quando amanhece migram e depois se evolam – eles parecem tão felizes. Das palavras nessa paisagem recolho: multidão exercício corpo cratera e margem.

Eu vi quando se instaurou a armadilha estive observando e assim sei. Indiferente (saber tem disto) abri a garrafa e ergui o copo e pode acreditar que sorri. Brindo olhando pro nada e é muito leve. Como observei a mulher entre chapéus o homem entre vincos os modelos para a vida as noites que incluem excessos e condenações são as melhores são o mais definitivo uso do tempo. Tudo é sóbrio e belíssimo principalmente a loucura dos olhos pensando o infinito.

06 de agosto

Deveras resistente e com inumeráveis aplicações o couro é a pele curtida a pele processada a pele transformada de um animal. De quase impossível mensuração a eternidade é um conceito de caráter filosófico e estúrdio. A vida se faz dessas substâncias imprecisas, dizem. O couro tem propriedades naturais inequívocas, tem uma história refinada, tem um valor inestimável e jamais deve ser confundido com materiais sintéticos. A eternidade é de uma vagueza estarrecedora. O couro é um grande luxo. A eternidade também é.

Aqui é uma tela para fagote bem-me-quer e pelica. A casca da fruta abandonada é supressão é o corpo mutilado é a frescura do sumo é como estar para sempre longe e além. A casca da fruta é voltar sem ter saído ido sido incendiado. No fim pouco importa o que é começo. Vige a decisão de não levantar o passado não tocá-lo, a fim de que repouse. Às vezes a vida é grande demais e o coração se descompassa. Às vezes é muitíssimo pequena e o coração se descompassa.

Queria ver se dava certo eu nas estranhas do mundo; confesso perdi os óculos mas sei de cor o alfabeto, as cores iguais do destino, a diferença entre os pretéritos. Queria me ver no miolo. No meio do caldo que ferve. Em cima do nervo que pulsa. Embaixo do chapéu que esconde.

Meu prato vazio uma tela. As águas fogem; compostas de fragor e de nascentes são pálidas as melodias são notas espalhadas pelas horas. A espuma é branca e os amanheceres: a vida é acompanhá-los. Como se cantando nos salvássemos como se calando enterrássemos. Perdoadas sejam as mãos enormes.

03 de setembro

Recurso insólito contra a monotonia, o assombro é a origem de tudo; é a condição da surpresa, é prática do estremecimento. Os relógios são criaturas plausíveis às quais entregamos começo e meio. Sabe-se que estão presos a jamais poderem ser inovadores nem exuberantes, embora muitos sejam levados em grande proximidade a um corpo. Cultivar o assombro é renovar o sorriso frente ao girassol antigo. Relógio é ausência total de conjuração é a âncora jogada num poço; é a classificação do impositivo, é a incapacidade para extravagâncias para o risco. Assombro é evocação.

Talvez à noite seja sempre frio. Talvez nunca se perca a esperança. Talvez ninguém mais lembre no outro dia.

Talvez nem tenha sido tão pungente. Talvez seja assim que se enlouquece. Talvez este buquê esteja mudo. Talvez seja melhor partir pra outra. Talvez devolva todos os presentes. Talvez nem pense em abrir a porta. Talvez a cama acabe sendo fria. Talvez nem queira mais falar no assunto. Talvez o de veludo fique justo. Talvez seja melhor mudar a senha. Talvez o endereço seja outro. Talvez ninguém mais peça outra fatia. Talvez na foto a mão nem apareça. Talvez o campanário seja mudo. Talvez ninguém sequer perceba o risco. Talvez o lenço nunca amarrote. Talvez não mostre que previu saudades. Talvez saia de graça o camarote. Talvez eu tenha confundido o dia. Talvez uma lembrança seja fraca. Talvez levando em banho-maria. Talvez se mergulhar o pão na sopa. Talvez riscar o nome seu da lista. Talvez o molho fosse de outro modo. Talvez à noite nunca falte gente. Talvez o quadro nem esteja torto. Talvez o filme tenha sido fraco. Talvez lavando as mãos com essas cinzas. Talvez dormindo um pouco até mais tarde. Talvez latindo a todos os estranhos. Talvez pedindo aquela de ervas finas. Talvez seja verdade algum provérbio. Talvez melhor pensar em alexandrinos.

26 de setembro

Não enviarei mais cartas. Encerra-se aqui o ritual. Despeço-me. Frustra-se quem tenha esperado pela peça bem-feita pelo maquinismo eficiente. No rigor da esfera, que seja admissível o relato de invenção de si, seja passável. Vêm à memória as seguintes palavras: talhe lavra entrelinha torrão.

Bem-aventurados os que porventura se construírem selva para suas feras, deuses para suas rezas, dentes para seus sorrisos. O norte é a ponta da seta e a seta oscila. Blefam os sinos mas leste é onde o sol nasce e insiste. O grão de areia que não se aproxima da ostra é a hipótese. A isca que se salva não condena o peixe. O tapa melhor não tendo rosto, o beijo melhor não sendo boca.

Vezes despir a frase, decompor os tempos, espalhar as roupas íntimas secretas as tensões dos verbos. Revelar o corpo em cena aberta a palavra. Penso no céu sem o cinza do olhar penso na fruta sem gosto do preço. Que arma esse ângulo exótico e particular: uma córnea neutra à pena, à escárnio; um olho só, no meio da testa, feito um unicórnio. Quantos nomes tenha ganho ou dado, quantos moldes haja enfim cumprido. Cores abolidas dos glóbulos, os votos dilatam a íris e tudo depende do raio da retina. Um sopro descortina partículas que me habilitam a história no dedo. Vertente gota torrente que eu caiba ainda em mim mesma.

A transformação pelas palavras é o ardor de admitir o encantamento do vestígio do rastro a transformação pelas pétalas. Contraste de sinceridades não escrevo aqui o conflito o duvidoso o suscetível o esforço – escrevo aqui a conversão do desejo.

Viver no regaço de cada pequena morte é o passo que semelha a sim permanecer.

CORÉ ETUBA: TATI KÉVA!

Do *Correio Simples* 29/08/2016

EM TRÊS ANOS CURITIBA SERÁ A MAIOR MEGALÓPOLE DO GLOBO

Pela proximidade com belas praias, pelo peculiar clima trópico-mediterrâneo e, sobretudo, pelo caráter efusivo de seu povo, nossa linda Curitiba se transformou na cidade com o mais alto índice de CD (Crescimento Desenfreado) da América Latina. Entre as cidades mais populosas do planeta, ao lado de Seul e Bombaim, Curitiba vive a realidade apocalíptica das grandes aglomerações.

Gigantesco complexo urbano – único tecnopolo do País – Curitiba é sinônimo de caos e violência, que se intensificaram a partir de 1970, com o êxodo rural, a criação do primeiro metrô biarticulado telepresencial do Universo e, principalmente, com a chegada do movimento *hippie* à Cidade. Macrometrópole, tanto em aspectos culturais, quanto em aspectos sócio-ergonômicos, Curitiba sofre com a favelização, os congestionamentos e a criminalidade, mas também tem aspectos positivos como... (*cont.* p. 07)

CUIDADO: Curitiba está cheia de HIPÓCRITAS.
Se você é um Mocinha da Cidade NÃO se
CONFORME com as IMITAÇÕES do sistema.
Compras só no SHOPPING. Seje ORIGINAL.

Confere dinheiro e sombrinha na bolsa e, então, fecha o portãozinho. Andar rápido, porque a cidade está in-fes-ta-da de desavergonhados. Só vai sair porque tem que comprar o sapato para o baile. Está aborrecida, em função dos acontecimentos.

— Bom dia, Dona Cidália! Indo passear no Centro?

— Bom dia, Alva! Vou dar um pulinho ali n'A Vencedora Calçados. Sábado é o baile de debutante da minha neta, a Anita, filha do José Américo.

— Vi a vitrine: uns lindos! A Palmira vai lhe mostrar.

— Dá medo de andar por aí, com estes détraqués soltos...

— E nós aqui, com o açougue aberto! Curitiba foi verdadeiramente tomada por estes *hippies*! A Lourdes, do Magazin, está fechando mais cedo. Só a Tipografia Miranda fecha depois das seis.

— Moços de cabelo comprido e de bolsa a tiracolo!! Nem dá mais pra saber quem é moça quem é rapaz!

— Pois domingo fui à Missa do Padre Gustavo e fiquei a-pa-vo-ra-da. Bendizer tomaram a Praça Garibaldi. E colocam os artesanatos no chão para vender!! É "prafrentex"!

— Tenho ido mais tarde, na do Padre Affonso de Santa Cruz. Tem mais gente. Evito circular ali com esses comunistas da tal Feirinha!

— "Feirinha das Pulgas". Nem banho tomam!

— Nem me diga! Ah, se chegar aquela posta branca me avise, por favor. E dê lembranças ao Seu Aldo.

Treta entre tribos termina em caos generalizado, em Curitiba

29/08/2016 – 23h09 | do Correiomatinal.com
Por AGAPANTO TCHUKORKOWSKI JR.
Diretamente do São Francisco

Uma briga entre *franks*, *badaladeiros* e *slims* terminou com um membro arranhado feiamente próximo à região do olho e um vaso, da Municipalidade, trincado na noite de ontem. De acordo com a Guarda do Bairro, adolescentes *slims* estavam calmamente sentados num banco da Garibaldi's Square, em frente ao tradicional Flower's Clock, quando iniciou-se o confronto com um grupo de adolescentes *franks*, que calmamente passava pelo local. Subentendendo que seus inimigos haviam se unido para atacá-los, adolescentes *badaladeiros*, que circulavam por ali, reagiram.

O Inspetor da GB, Ivo Sá, encontrou um dos *franks* (Lírio Pina, 37, estudante) estatelado no chão com lesão no supercílio. O segurança de um bar da região esclareceu que o mesmo não fora ameaçado pelos inimigos, tendo escorregado por si e ferido o próprio olho contra a calçada, que se encontrava cheia de grimpa. A vítima, removida para o Hospital Internacional do Cajurú, já recebeu alta.

Os envolvidos se prontificaram a ser presos e responder inquérito, mas um deles, Thyagho Tiffa (29), tentou fugir porque estava atrasado para uma comemoração familiar. Em um terminal de ônibus próximo dali, os guardas conseguiram deter o jovem, que teve que responder a várias perguntas em público, mas não se atrasou para o evento.

Entre os confrontistas três eram fumantes, três não estavam alcoolizados, três estudavam no mesmo colégio e três portavam faca, canivete ou estilete de plástico imitando originais. Ao final, descobriu-se que não havia *badaladeiros* no local, e que tudo fora um equívoco provocado pela passagem, no exato momento do conflito, de um Caminhão de 'Lixo que Não é Lixo' Municipal, cujo sino soava para indicar que estava na área. Não se conseguiu apurar se a trincadura do vaso público teve relação com o confronto ou se já existia previamente, mas isto será investigado pela delegada de Ações Especiais da 5ª DEPTRUP, Khamilla Fanny Neves Yamagushi.

Cont.: (...) a formação de tribos urbanas.

Tribos urbanas, ou "grupelhos subculturais", são micro sociedades cujo objetivo é a "solidariedade do coletivo". Segundo a socióloga norte-coreana Michelle Raviolli, da Universidade de Nothingdale, elas se estruturam para "o *combate* contra o tédio existencial." (RAVIOLLI, *O coletivo pós-moderno*, 1943). A convivência grupal reforça o *pertencimento* e estimula novas relações com a tolerância e com o meio ambiente. Contra as formas institucionalizadas de protesto, as tribos valorizam sobretudo a escultura.

O PARAÍSO É AQUI

Dois aspectos históricos demonstram que Curitiba nasceu para o conceito de grupo. O primeiro é seu nome. Como explica o filólogo argentino Juan Ruflo, a etimologia é reveladora: em guarani *"Curi'i"* significa "pinheiros", *"tib"* é um verbo existencial e *«ba»* é um locativo traduzível por "lugar onde naturalmente se reúnem muitos"; em tupi, *"coré"* seria "pinheiros" e *"etuba"* indicaria "ajuntamento" – Curitiba é, portanto, uma "tribo de pinheiros". O segundo aspecto remonta aos *caingangues*, nossos primeiros habitantes. Conforme o historiador sérvio Evilásio Afrânio, este povo, que já conhecia as Sagradas Escrituras (transmitidas pelos tcharuitecas do Suriname, que desceram até a bacia do Belém), identificando-se com a causa do personagem bíblico Cain, teria formado, então, a primeira gangue curitibana de que se teve notícia. Vale lembrar que foi do líder caingangue Xim'biica a famosa frase sobre Coré Etuba: "Tá! Tati Kéva! Ha Kantin!" ("Aqui! Aqui ó, é o lugar! Vinde!") usada para indicar o local ideal para a construção do Trevo do Atuba (posteriormente Cidade de Curitiba). Diz a lenda que, neste momento, a estátua de Nossa Senhora da Luz dos Pinhais sorriu em aprovação ao sítio escolhido.

(...)

Andar pela Trajano Reis é temerário. Na esquina da Padaria América uma patotinha, em atitude suspeita, fuma e ri alto. Até moças!

Dona Cidália segue pela rua:

— Como tem passado, Dona Nair?

— Bem, obrigada! E a senhora?

— Nem me fale. A senhora acredita que depois de uma vida na casa em que cresci, e onde criei os meus filhos, vou ter que ir morar com a minha irmã, a Brasília, na Lapa. Soube o que nos fizeram?

— Pois não soube!

— Semana passada escreveram em nosso muro: "Fora, milicos...", em referência ao papai... E grafaram uma obscenidade. São esses *hippies*!

— Que despautério!!

— E o pior nem lhe contei: defecaram próximo ao portão!

— Santa Efigênia!

— O José Américo e o José Ary, preocupados, decidiram vender a casa.

— Pois a Getúlia, dos cristais, aqui na Trajano mesmo, me contou que tem medo de que invadam a loja. E na Funerária Stephan já estão trancados; só o aviso: *Toque a campainha e aguarde...*

— O Seu Arno, das Tintas, comentou o mesmo. Até a Dona Bianca Bianchinni, que viveu na Europa tantos anos, disse que está pas-sa-da com esta violência da região!

— Até a Dona Bianca?! Pianista internacional!?

— Eu queria comprar um traje n'A Modelar, mas não tenho coragem de cruzar a Praça Garibaldi!

— Melhor não ir só! Ontem voltávamos da Novena na Igreja do Perpétuo Socorro e um barbudo, aqui na Duque de Caxias, gritou: "Paz e amor, bicho." Que aflição! Me deu até uma batedeira no peito, a senhora sabe!

— Vou só esperar o Finados, visitar o túmulo da mamãe e do papai no Cemitério Municipal e depois me mudo.

— Quem diria? Tal devassidão!

(...)

A "Capital das Araucárias" lidera hoje o ranking das cidades mais visitadas da Terra, seguida por New York, Paris e Dubai. Afinal, todos querem desfrutar dos internacionalmente conhecidos Parques curitibanos: são mais de cinco zonas de puro lazer e adrenalina. Simbolizando a integração do nosso povo, cada parque homenageia uma das tribos urbanas mais representativas de Curitiba. E por falar em tribos, conheça as que mais se destacam:

a) *Os Mocinhas da Cidade* – caracterizam-se pelo extremo bom gosto ao vestir-se; usam roupinhas de *griffe* e são *fashion*. Com o lema "O shopping é meu lar", influenciaram várias tribos do mundo, como os *True Blondies*, de Beverly Halls.

b) Os Árticos – inspirados no clima curitibano, são identificáveis pelas roupas totalmente brancas. Descendem dos moradores da região setentrional da cidade, onde, outrora, nevava muito; com o degelo galopante da região migraram para outros bairros. Comunicam-se apenas pelo olhar e não têm lema.

c) Os *Franks* – sua aparência dócil deriva da ideologia do grupo: "Seja franco!" Primam pela simplicidade e costumam cantarolar canções de amor cortês. Abominando subterfúgios linguísticos e metáforas, comunicam-se por denotação.

d) Os *Badaladeiros* — usando piercings em forma de sinos, se reúnem para soar. Seu lema: "Boas Festas!" Regadas a suco de caju e marcadas pelo som intenso das badaladas, suas festas treinam o cidadão para suportar a poluição sonora das megalópoles.

e) Os *Slims* — identificam-se com a ideia de estrutura fina e elegante. Suas roupas são desenhadas para alongar a silhueta. Consomem exclusivamente produtos de emagrecimento e inspiram-se em aparelhos eletrônicos com tela de LCD.

Profusão de culturas, de panelinhas, de muvucas — isto é Curitiba! Vinde! Agora, para entender bem, veja abaixo o infográfico populacional sobre a cidade hoje e daqui a três anos:

Kymberlon, voltando pra casa: Shit! Vou mudar de calçada. Um Ártico! Se encarar vou meter porrada.

Kauíq, voltando pra casa: Fuck! Vou mudar de calçada. Um Mocinha! Se encarar vou moer ele.

Dona Cidália, voltando para casa: Santíssimo! Vou mudar de calçada! Um mal encarado! Valha-me Nossa Senhora da Luz dos Pinhais!

LIVE BY REQUEST

Você
perguntou O que é que eu faço, eu disse: Quase nada, às
vezes escrevo. Escrevo sobre esquecimentos, sobre traços
numa caverna, sobre um monte de palha e seu perfume,
sobre os dois lados da ponte eu tento escrever sobre ando-
rinhas. Quase sempre é ingrato quase sempre é divertido.

Nikki
dizia que imitava a vida que é um conto cigano sem medo
de ser maldição. O cenário de papel se move com o vento,
eu atravesso os espelhos – as molduras saíram de férias
portanto estar aqui é infinito e raso e completamente.

Eu
respiro com cuidado pra nunca atrapalhar os relógios
que aliás eu bendigo como bendigo as margaridas e os
lençóis engomados e o cheiro da manhã que entra o
aroma de estarmos tão perto aqui. Pensei vagamente
sobre quanto o corpo de Nikki pra mim é o corpo de
Nikki e o meu juntos pensei intensamente. Agora eu
perpetuo a cultura dos segredos, dos ruídos delibera-
dos, o que existe único eu quis seguramente registrar
ter. Nem sempre consigo, foi o que eu disse.

Nikki
argumentava que a vida se multiplica e que não há di-
ferenças entre a sedução do passado e o café da xícara
porque a vida é um vídeo, é uma imagem incessan-

te, aquela conversa inaudível no bar no fim da noite e as lembranças são imediatas e definitivas. Que dedo aponta para alguma solução para algum produto? Tudo acontecerá tudo acontece, não se discute sobre o espetáculo que se passa nas camas raras do mundo.

Eu
respiro limitações que se combinam se amplificam se regeneram os impossíveis – um quarto de hotel frio e aborrecido onde no corredor os talheres barulhentos e os pires que se chocam indicam que o que há de novo é uma manhã. Saudade é quase hectare. Eu que me elaboro numa pergunta eu que me surpreendo em: Como é que o ontem se transmuta em cores imediatas em irreversíveis em cenas que a mão nunca mais alcança? É apenas um ensaio. Eu me levanto. É apenas o inesperado que tem um gosto de mim.

Nikki
teledistante dizia que o sorriso é o máximo recurso da luz. A câmera lenta escava desapropria desenterra e eu vejo seu rosto sem foco o meu olhar respira lento. O real, o que é? Eu preciso da volta do espetáculo, eu preciso do mágico, eu preciso das mãos fazendo o único voltar, realizando contornos, estabelecendo que agora é sopro. Entra vento por aquela fresta entra um pedaço incômodo da vida. A vida era ser assim tão só?

Deixa-me por favor dizer essa fala, reproduzir o que era a vida tentar ser cronista. Deixa-me performar aquela primeira estrofe onde eu era a figura divertida que entendia as larvas os tubérculos os orifícios e a visão do alto da montanha. Deixa-me ser a primeira estrofe de cor. Deixa-me anunciar a entrada dos músicos no palco com um simples som.

Porque

os dois lados que são sempre são muitos.

Os lábios num beijo.

Os olhos no mesmo olhar.

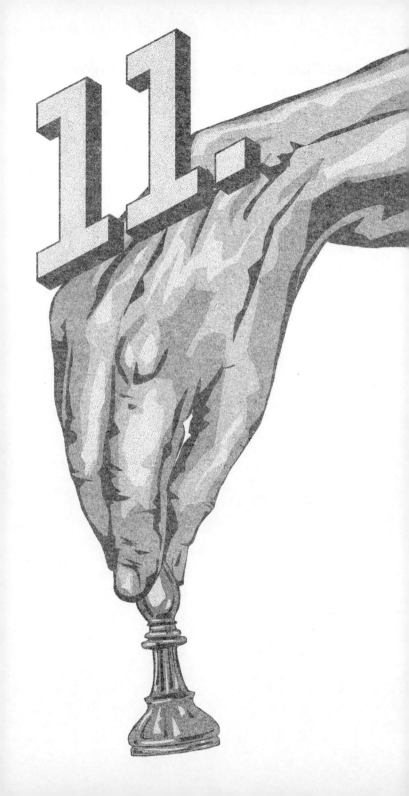

POR MOTIVO DE FRAQUEZA MAIOR

Saí pra comprar uma samambaia. Estava precisando fumar alguma coisa. No elevador eu encontrei o Dino com: a) uma bicicletinha cor-de-rosa b) uma abóbora de pescoço c) o filho dele de seis anos. E o Dino me disse *Eaí, td blz?* Ele é ex-surfista e tem mais de cinquenta anos dá pra ver por conta das rugas e do cabelo raleando mas ainda fala como falava quando tinha dezesseis. E casou com uma garota de uns dezoito que largou ele e um bebê depois de dois anos. O bebê tem seis anos o tempo passa. Agora que eu percebi como o discurso pode ser cheio de números e cálculos pode até ter raiz quadrada acho que a gente calcula o tempo todo. Um cara que calcula é calculista um cara que cicla é ciclista um cara que toma uísque puro é purista. Eu não perguntei nada pro Dino sobre a abóbora. Tem certas coisas que a gente nunca pergunta pra não gerar constrangimento ainda mais no elevador onde tem pouca coisa pra olhar. Mas ele disse bem arrastado *Meeu, ganhei este trooço do meu cheeefe do quintal deeele. Ele falô que é bom pra dooce.* Deu uma franzida na boca tipo risadinha. E eu respondi *Foda.* Depois fiquei pensando porque que eu usei essa palavra ainda mais na frente do menino de seis. Podia ter dito *Parece apetitosa* ou *Me lembrou a minha avó Evarista* ou *Estão custando uma verdadeira fortuna.* Podia ter dito *Sem agrotóxico!* Pra usar de sinceridade eu nunca tinha visto uma abóbora na vida assim frente a frente e aquilo me calou fundo. Abóbora no elevador é constrangimento.

Saí pra ganhar tempo. Tem tanto acontecimento acontecendo que a gente nem dá conta de absorver de julgar de selecionar de analisar em detalhes. Quase perto da Drogavita eu escutei essa: *A Sara largou do Carlito.* (voz fininha) *Crédo, parecia que eles se dava tão bem!* (voz de fumante) Coitada da Sara, não aguentou o Carlito. Muito defeito. A maioria dos cara hoje em dia não tem sensibilidade pra tratar a mulherada, despreza trata mal *Tua mãe é uma vaca!* reclama da comida *Cebola, porra!* molha o chão do banheiro deixa pelo na pia *Não fui eu, caralho!* arrota anda de cueca pela casa larga sapato na cozinha derruba catchup na almofada nova conta piada sem a menor graça. A Sara é apenas mais uma, pobrezinha. Eu tenho pena. O cara era um bruto. Ela deve ter tentado de tudo. Quase uma santa. Não deu. Eu não quis perguntar detalhes pra não causar constrangimento. Continuei andando como se nada tivesse acontecido. Eu não conheço a Sara mas peguei ódio no tal Carlito. Cara grosso! Decerto até batia. Mulher largada é constrangimento.

Eu achei bacana o que a Dona Josina falou anteontem no refeitório, sabe aquelas frase de filosofia pura? Ela disse que às vezes na vida falta é coragem na gente. Eu, por exemplo, não consegui ficar com a Romilda. E eu amava a Romilda amava pra cacete eu adorava aquela mulher eu lambia o chão pra ela passar se mandassem eu arrastava um trem. Mas ela tinha um coiso por dentro, um negócio que eu nunca entendi que nunca passava nem melhorava. Ela dizia que era uma afobação tipo um atropelo por dentro mas eu não sei explicar direito. Uma coisa bem esquisita. Um troço bem lá por dentro. Até em psicólogo ela pensou de ir. Eu trazia presente eu levava café na cama eu pagava cinema e depois pizza eu dava chocolate do bom na páscoa e nada alegrava aquela criatura. Aí um dia eu perguntei que nem na novela *Você me ama?* (eu tava pensando em falar de casamento com a Milda) achei que ela queria discutir essas coisas de sentimento mas ela disse *Não, não adianta.* Eu dei com os burro n'água. Bem que eu queria acordar todo dia ao lado da Romilda ela era uma mulher sensacional pra caramba tirando aquele atropelo interno era gente finíssima. Por que não levava a vida de um jeito mais simplificado? Não quis. Aí deixou de sair comigo – nem no churrasco de fim de ano lá da concessionária ela foi junto e ela que gostava tanto de fraldinha. Acabou acabado. Eu nem era de molhar o tapetinho do banheiro. Não quis. Frase de novela é constrangimento.

Saí pra apreciar borboletas. Elas não existem mais. Elas não existem porque agora passa muita corrente de celular e elas morrem tipo eletrocutadas. Quem me explicou isso foi o Nestor da lotérica o cara é meio culto, cheio de explicativa. Mas se der sorte lá no parque em volta do lago tem libélula. Libélula é um dos bichos mais velhos do planeta. É, inseto eu queria dizer. Libélula pica tão doído que pode derrubar até cavalo. Cavalo não tem mais nas ruas. Antigamente sim. Saí pra comprar jornal mas eu nem leio jornal acho muito mole e ruim de virar aquelas folhona. E depois junta uma papelada, se for o de domingo então é só propaganda. Saí pra procurar um trevo de quatro folhas. Saí pra jogar damas na pracinha. Saí pra tomar uma injeção de eucaliptine que eu tô com sintoma de gripe. Saí pra ver o preço do tergal estampado. Saí pra dar pipoca aos pombos. Saí pra comprar um colutório. Saí pra prender vagalume num vidro. Saí pra paquerar a balconista. Saí pra respirar ar puro. Sou purista. Ser purista é constrangimento.

Estava precisando fumar alguma coisa. Beber alguma coisa. Mascar alguma coisa. Injetar um ânimo novo. Aquela abóbora me deixou numa melancolia braba. E depois lembrei da Romilda. O assunto tava quieto lá dentro mas lembrei de como que era abraçar. Ela disse que eu não entendia ela. Minha mãe uma vez disse que não conseguia me entender mas isso faz tempo. Eu disse pra professora que não entendia ela naquelas coisas de números primos. Meu pai disse que não entendia nada de política. Minha tia disse que nunca entendeu o meu pai. Mas isso faz tempo e eu não entendo bem como é que o tempo apaga os pedaços da vida da gente.

A Marili disse que não entendia porque o Josemar fez aquilo. Que precisava coragem pra parecer covarde pra sempre. Coragem é sempre constrangimento. E eu não entendo mesmo como é que o tempo tão devagar apaga a gente.

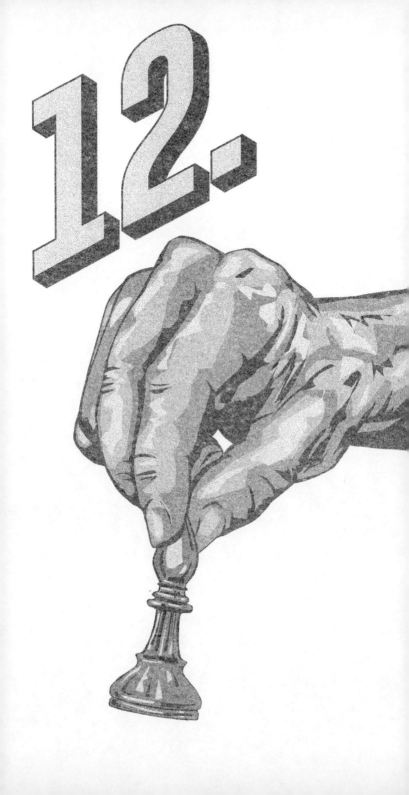

SE DEUS QUISER E SE EU CRESCER

(PORFAVOR, faça com que a DonaElza nãoMEchame! Eu imploro! Que elachame OUTRO. Prometo nãofalarPALAVRÃO porumMÊS!)

— José Dionei, leia a sua, por favor.

(GRAÇAS! Chamou o Dentuço).

Nas férias a gente foi para Umuarama. A gente foi em dois carros porque o vô e a vó também quiseram. Lá o meu tio Riba tem uma fazenda de gado e vaca e a minha tia Keiko é mulher dele e nasceu no Japão mesmo mas veio de pequena pra cá. Na fazenda a gente nada no Rio Piava e a tia faz muita comida e a gente toma leite direto. Meus primos sabem falar umas palavras em japonês e é engraçado. Meu vô comprou um relógio para mim e um chapéu para ele. Num dia a gente foi numa feira de gado e passou o dia lá. O que eu mais gostei foi do rodeio que tinha touro bravo e um peão se esborrachou inteiro mas sem sangue, ainda bem porque a vó não pode ver sangue mas o meu pai disse que é frescura. A gente também visitou o Lago do Aratimbó.

— Muito bem! Agora...

(MEUDEUS, façacomqueaDonaElzaNÃOfale oME-Unome!! Eu nãoPOSSO ler a minha! PROMETO náodeixarPRATO no sofá nempacote deBOLA-CHAaberto NUNCA mais e...)

— ...Maria Denise, por favor.

(OBRIGADO! Chamou a Baixinha).

Em nossas férias passamos em Campo Mourão porque meus avós moram lá e meu avô é vice-prefeito da cidade. Meu tio Inácio é diretor da Cooperativa de milho e fomos visitar. Passeamos com minhas tias e vimos o Teatro Municipal e o Museu Deolindo Pereira onde tem objetos raros e até um piano alemão. Também fomos na Missa na Catedral e teve batizado do meu priminho Lucas André. A casa do meu avô fica na frente da Praça Getúlio Vargas. A tia deixou eu pegar o Luquinha no colo e ajudei a dar banho. No domingo fomos na fazenda e eles prepararam carneiro no buraco que é o prato típico da cidade e minha prima Carmem Célia que tem 17 anos não comeu porque ela é contra matar animais mas minha tia disse que é só uma fase.

(JáTÁbom, DonaELZA! Porfavor, DEUS, não deixe elaMEchamar! PROMETO que ajudo aMÃEalavar aLOUÇA porumMÊS. MeLIVRAdesta!)
— Paulo Emílio, sua vez.

(Graças! Chamou o Gordo. Prometo ir na MissaTO-DOdomingo por um ANO. PROMETO não empurrarNINGUÉM naFILA pro recreio!)

A gente foi nas férias pra Cornélio Procópio. Minha mãe nasceu lá e tem os tios e muitas primas dela que tipo casaram e ficaram lá vivendo. O irmão da minha mãe é médico e trabalha na Casa de Saúde de lá. Todo mundo foi passear num bosque que se chama Manoel Julio de Almeida que era tipo um parente da minha mãe. Lá eu vi um caxinguelê que eu nunca tinha visto e uma porção de outros bichos tipo uma coruja branca. Na cidade eu gostei do monumento Cristo Rei que é tipo um mirante que dá pra ver a cidade lá de cima. Cornélio está se desenvolvendo, foi meu pai que falou e meu tio disse que não sabe se gosta disto. Um tipo primo da minha mãe comprou um matchbox pra mim. A gente foi na loja e eu escolhi. Meu pai foi caçar mas não deixaram a gente ir porque só ia adulto. Meu primo Raul quebrou o braço. Foi a terceira férias que nós fomos em Cornélio.

— Parabéns aos que leram. Na próxima aula de Língua Portuguesa continuaremos as leituras. Depois do recreio passaremos para o conteúdo de Educação Moral e Cívica.

(FAÇAelaESQUECERna próxima aula!! Dá uma AMNÉSIAnela, POR FAVOR!)

•

Não posso ler a minha! Como é que eu vou contar que fiquei as férias inteiras aqui na cidade? Trancado aqui em casa na frente da tevezinha ou lendo os livros da Biblioteca Pública? Comendo pão com sardinha ou senão miojo? Que a minha mãe não tem dinheiro pra gente ir nem no Jardim Paraíso? Que ela trabalha noite e dia pra pagar o aluguel e a escola pra mim? Que eu não tenho pai e nem sei dos meus avós? Que quando eu pergunto da família a mãe só diz Vamos mudar de assunto? Que eu nem sei nadar nem pescar? Que eu nem tenho relógio?

Eles vão rir de mim se eu contar a verdade. Vão morrer de rir.

Que que eu faço?

•

— Ricardo, sua vez.

(Putz, ela me pegou!)

Nas férias minha família (seis tios do lado do meu pai e cinco da mãe e mais os primos) foi em vários ônibus pra Curitiba visitar meus avós paternos e maternos. Meu pai dirigiu um dos ônibus que são da Empresa do irmão dele. Ele é advogado mas está acostumado a dirigir ônibus leito e até avião meio pequeno ele sabe. Todas as férias vamos na Capital. Um avô meu foi vice-Prefeito de lá várias vezes e o outro foi Deputado. Na casa deles tem piscina com tobogã e eu adoro nadar lá. Meus tios trabalharam no Hospital Central da Capital e a gente sempre vai visitar. É o maior da América Latina. Eles me deixaram entrar e até ver uma cirurgia porque meus tios são médicos e conhecem todas as enfermeiras. Uma tia minha trabalhou na TV e eu fui num canal e vi como eles gravam as novelas e filmes e encontrei vários artistas mas eu nem quis tirar foto. Eles perguntaram se eu queria fazer um comercial mas eu disse que não dava tempo. Fomos numa rua onde só tem lojas e minha mãe comprou várias bolsas e perfumes. A gente foi na Confeitaria Curitibana que tem três andares e eu tomei um sorvete de caqui. Ganhei um autorama e vários tênis de modelos que só tem lá em Curitiba. Deixei tudo lá porque fiquei com preguiça de trazer. Meu pai comprou um rifle igual daqueles do exército, pra ir caçar nas fazendas dos meus tios onde tem vários bichos enormes e raros como cachepa, tundrina e jabiturá. Eu vi dos três. O jabiturá só aparece quando neva. Nós fomos na Praça Amarildo Sanches que tem uma cachoeira, no Teatro Guaíba que é o maior do Paraná e na Catedral Curitibana que é a maior do Brasil. Cabe 2 mil pessoas sentadas. Lá foi o casamento da minha prima Siomara que tem 18 anos. Nas fazendas dos meus tios tem plantação de soja, café e trigo e também criam galinha pra exportar pros EUA. A gente nadava no Rio Igarati que abastece Curitiba e andava de barco no Rio Issaúna. Peguei um dourado de 16 quilos numa das pescarias. Nos domingos minhas avós preparavam o prato tradicional de Curitiba que é Lagosta com Molho Xadrez e meu primo não quis comer porque anda enjoado, mas a tia disse que quando ele ganhar o carro ele sossega. Durante a semana a tia Makiko, que é japonesa e nem fala português, preparava pratos do Japão e da China mas eu não decorei os nomes. Vários primos meus falam japonês e chinês perfeito. Meu primo Aldo quebrou uma escápula praticando esqui e o outro que se chama Emanuel quebrou o fêmur quando pulou de paraquedas da Montanha Esplanada que fica ao norte de Curitiba. As férias foram boas mas também ficamos felizes de voltar. Afinal a vida continua!

Risadas. "Que potoca!" Gargalhadas. "Ai que facão!". Voa uma bolinha de papel em mim. "Que lorota!" A ruivinha besta da Ana Amélia diz: "Que ri-dí-culo!". Voa uma borracha em mim. Alguém, que eu nem sei quem, diz: "Que retardado!"

— Ricardo, nós vamos ter uma conversinha na Diretoria no final da aula! E basta de comentários! O próximo que der um pio sai de sala!

(Que fria que eu entrei! Deus, POR FAVOR me salve! Não deixe eles chamarem a mãe! PROMETO que não fico NENHUM dia sem tomar banho. Por UM MÊS. Que será que ela não acreditou da minha redação?)

·

E agora essa chatice que a Dona Elza inventou: o que é que a gente quer ser quando crescer? Sei lá! Uma coisa legal e que ninguém ria de mim. Sei lá eu. Deixa eu pensar no que exatamente.

·

— Reginaldo, sua vez de ler a tarefa de casa.

Quando eu crescer quero ser médico pra trabalhar na Santa Casa de Misericórdia como meu pai só que ele é clínico geral e eu quero ser cardiologista porque cuida do

*coração e dá mais dinheiro porque hoje tem mais pessoas
com gordura nas veias que entopem.*

— Que bela perspectiva de vida! Isabelzinha.

*Quando eu crescer quero ser enfermeira como a Ana Neri.
Eu li a vida dela na enciclopédia e se tiver uma guerra de
novo eu quero ir para ajudar os feridos e passar as noites
cuidando deles e dando remédios no horário...*

— Muito bem. É importante pensar nos outros.
Silvia Helena.

*Quero ser aeromoça que é uma profissão que a gente pode
conhecer muitos lugares e tem que ajudar as pessoas a se acal-
marem antes e durante o voo. Eu gosto de dar informações e
vou aprender inglês e outras línguas pra poder falar com todos
em estrangeiro. Mas também penso de ser professora.*

— A dedicação ao Magistério é um belo projeto
de vida!

(Puxa-saco, isto sim! E a Dona Elza ainda acredita!)

— Dulcio.

*Eu queria trabalhar no açougue do meu tio mas o pai
falou que eu tenho que ser dentista porque não tem muitos
na cidade e eu posso ficar rico. Só pra tapar uma cárie da
minha irmã a mãe gastou um monte e ainda teve que ir
pra Apucarana porque aqui era mais caro ainda.*

— Uma bela profissão! Ricardo.

(SEJA O QUE DEUS QUISER!)

Li um livro onde a menina cai na toca de um coelho que tem pressa e no fim uma Rainha de baralho quer cortar a cabeça dela. O autor se chamava Charles mas até mentiu que seu nome era Lewis e ninguém riu dele nem da história dele: Li um que tinha uma boneca que falava e um visconde feito de sabugo e todo mundo aceitou. Li um onde um carinha vai numa ilha com gigantes e até num país governado por cavalos. O autor se chamava Jonathan mas usou o nome falso de Lemuel. Inventou coisas malucas só pra disfarçar e poder criticar o que via de errado na cidade dele. Escrever ou ler é bom pra escapar deste mundo. Por isso que eu quero ser escritor.

— Diretoria, seu desaforado! I-me-dia-ta-mente!

(Tô frito! Que oDiretorNÃOesteja lá! PROMETO ficar sem LER por um MÊS!)

MANADA BANDO ALCATEIA CÁFILA CARDUME DE UM

Você roubou o gado que ia pro oeste e EU te amo
você descarrilhou o trem que dava acesso à aldeia e
EU te amo você foi responsável pela morte da bezerra
e EU te amo você jogou anil na caixa d'água e EU
te amo você riscou o disco e acabou com a agulha e
EU te amo você fez o gol contra e afundou o time e
EU te amo você quebrou aquela estátua sacra e EU te
amo você incendiou o pinheirinho e EU te amo você
despetalou a margarida e EU te amo

Eu naveguei as milhas de um mar morto e VOCÊ
dormia eu inventei a roda e a navalha e VOCÊ
dormia eu dei comida aos lobos e VOCÊ dormia eu
costurei a vela mestra e VOCÊ dormia eu preguei
horas no deserto aos cactos e às herbáceas e VOCÊ
dormia eu combinei os elementos químicos pra
galvanização do ouro e VOCÊ dormia eu naufraguei
na costa onde os tubarões-brancos e VOCÊ dormia
eu engoli milhões de águas e o sal cegou os meus
olhos e VOCÊ dormia beijei beijei e VOCÊ dormia

Caí do prédio em chamas E as asas de nada
adiantaram as asas que eu tinha não voavam eram
de cera barata eram uma covardia E o canivete
multifuncional emperrava tomado pela ferrugem E
os bombeiros estavam ocupados com a colheita E não
havia leitos disponíveis E os médicos estavam na coxia

E os sábios estavam de férias na frígia E os deuses
estavam apostando no próximo páreo E as bruxas
estavam em horário de almoço E por 40 metros da
descida não tive nenhuma epifania

Você compareceu à cerimônia em traje de gala e
TODOS se comoveram com a sua aura e TODOS
queriam que você se sentasse no trono e TODOS
aplaudiram a sua fala ultravioleta e TODOS lhe
serviram coquetéis sofisticados e TODOS estenderam
um longo tapete de um nobre vermelho e TODOS
espantaram as moscas das delícias e TODOS
abanaram o rabo e TODOS ofereceram buquês de
puro exotismo e TODOS se reuniram na praça da
aldeia no salão nobre na ágora no coreto em frente
à bastilha e TODOS numa exuberância infinita
lhe mostraram o mais possivelmente correto uso da
guilhotina

Eu não fui eu não estive eu não quis eu fiquei em
casa eu perdi o evento eu preferi ficar assistindo ao
documentário eu não tinha roupa adequada eu não
tinha um sobrenome compatível eu não tinha polido
as unhas eu não consegui ingresso eu não tinha
comprado uma lembrancinha eu não tinha recebido
a carta-convite eu não tinha as luvas que serviam eu
achei melhor tirar o pó da escrivaninha eu preferi
ficar na poltrona vendo o final do torneio do jogo da
luta do massacre da temporada eu não pude eu não
consegui eu não tive mais

Você recuperou o gado que ia pro oeste na cena da
pradaria e eu te amo você salvou a multidão do trem
descarrilhado pelos caras com roupas justas e eu te amo
você foi responsável pela ressurreição da bezerra do
celacanto do morcego de java do pássaro roca e eu te
amo você limpou a caixa d'água os lagos poluídos os
mares com peixes mutantes e eu te amo você ganhou
um novo disco de ouro e eu te amo você comprou a
partida e salvou milhares de famílias do time e eu te
amo você refez as estátuas covardemente atacadas pelos
vândalos pelos suevos pelos tecnocratas pelos mouros
e eu te amo você salvou florestas inteiras do incêndio
passando noites sem sono no observatório e eu te amo
você colou pétala por pétala dos crisântemos e todos
vibraram: os pigmeus as gárgulas os guarda-freios os
coiotes as cariátides os pontífices os anquilossauros as
ondinas os leiteiros e eu

Quem tem mais felicidade no peito
quem pode gritar de alegria
Você que mora na ponta de uma estrela que explodirá
num amanhã cedo ou eu que   te amo?

RASTROS E HOMENS

Tá bom, tá bom! Mas aviso: não quero um pio! Não estou aqui pra brincadeira!

Começa assim: há dois mundos, o inferior e o superior. A gente tá bem aqui, ó... os *humanilias*. Superior. Na passagem do mundo animal inferior para o superior está a *reptilia* – prestatenção! ...entre as quais existe uma subclasse que é excelente na produção de veneno. Estão acompanhando? Deveriam ser superiores, mas pararam bem na metade. Os *hómines* é que são superiores.

Bom, vocês pensam que não conhecem a *reptilia* porque é uma palavra esquisita, né? Viram que eu até pronunciei em itálico? Mas conhecem, claro, porque é só uma frescurinha pra definir o grupo onde estão incluídas as serpentes. Viu só? Serpente você conhece. Tem até na Bíblia! E a gente, no dia-a-dia fala simplesmente "cobra" – por isso que confunde. Mas usa bastante. Em repartição pública tá cheio! Bom, continuando: a formação toda das serpentes, o modo que elas se for-ma-ram, é bem estrambólico. A coluna vertebral delas – sabe esses ossos aqui de trás onde passa um monte de nervo ali dentro? – se desenvolveu mais do que devia. No esqueleto delas tem muita vértebra e muita costela (umas 400, conseguem imaginar?!). E isso afetou todo o resto porque as coitadas gastaram tudo na coluna e ficaram sem extremidades. Já pensou a gente sem extremidades? Eu não ia saber viver sem as minhas!

Mas tem um aspecto positivo na história das serpentes – veja que sempre tem um ladinho bom da coisa: pra compensar elas têm uma força digestiva enorme – como os cientistas falam (aqui vou ler direto): "verifica-se, então, que todo o aparato metabólico é extraordinariamente ampliado". Não é lindo? Nunca ter precisão de chá de boldo!

Por aí vai... e nelas faltam os limites anterior e posterior, a cintura escapular, a bacia, o externo, os ossos do ouvido, a bexiga, os ventrículos cardíacos, uma das metades do pulmão é atrofiada e o pior, o bicho não tem voz! Olha, agora até me arrependi de ter começado a levantar esse tema ilustrativo, é triste demais! (Quando a gente verbaliza é que percebe!) E não é minha intenção deixar ninguém aqui pra baixo!

Tá bom, tá bom! Claro que vou continuar! Eu lá sou de largar o negócio no meio? Fala aí, já me viu fazer isso? Sou profissional, minha amiga! Eu tô nisso há muito tempo... Seguindo: as cobras pertencem à ordem Squamata, (não, não sei de cor, vou ler do xerox da Barsa) cujas características são pele escamosa e sangue frio. É, é parecido com os *hómines*, né não?

...todas as cobras têm corpo longo. A diferença, se comparadas aos humanos, é que as cobras, já que não têm mão, deslocam a mandíbula para engolir as presas. As cobras constritoras matam sua presa por esmagamento (ôrra!). As peçonhentas envenenam a caça. (vou pular um trechinho). E agora vem a melhor parte (eu achei): em sua maioria, as cobras trocam de pele em uma única peça. Elas trocam de pele – não tô brincando! Aí é que a gente percebe que ninguém, nem mesmo os cientistas, sacam muito de cobra. Sabe como é que eles chamam a troca de pele? Vernação. Vem de vernal. (Não, bornal é outra coisa!) Mas na botânica eles usam a mesma palavra pra indicar a formação de um botão de flor, ou pra indicar a formação das camadas de um repolho. Tão percebendo como os caras são confusos? Quer dizer, têm vocabulário limitado? *Vernatio* em latim significa "mudança de pele na primavera". Dá pra ver que estão praticamente engatinhando nesse assunto de cobra e de repolho.

E agora vocês vão ficar p da vida comigo porque eu não vou continuar a história. Podem ficar. Vou ter que dar uma parada porque me peguei fazendo um monte de pergunta – sabe pergunta na própria cabeça? Gente, me encafifei com essa coisa de *reptilia*! É de tirar o sono, né não? Como se movimentam se não tem pernas? Qual é a maior delas? Qual é a pior delas? Beberão água se a gente oferecer? Gostam de doce? Arrotam? Por que a troca de pele? Independe do sexo? Como podemos identificar o sexo? Fazem sexo? Quais são as mais perigosas? Quais são as mais venenosas?

(Silêncio) (Desconforto por causa do silêncio) (Tossinha)

Não vai dar pra segurar esta barra! Vou me abrir. Eu queria falar sobre cobra – não nego. Queria. Tava com uma coceira danada de falar em cobra. Aí inventei que ia contar uma história, fazer uma explanação sobre o tema. Mentira! Foi só pra chamar atenção. Devia ter ido numa psicóloga. Tô sabendo. Dizer cobras e lagartos sentando naqueles divãs de couro caríssimos e depois de limpar os olhos com lencinho de papel (brinde de um laboratório) sair com aquela sensação de alívio. É, são maravilhosas! Matam a cobra e mostram o pau!! Se não mostram! Mas cobram uma verdadeira fortuna!! Olhaí, "cobram"!!! Usei o verbo por pura ingenuidade indutocognitiva! "No cerne da transplenitude do dito manifestativo nota-se a trânsfugo-serpentolalia típica do processo de poliencobramento da persona", diria a tal (é cobrona em diagnóstico sucinto!). A própria psicóloga ia dizer que tô transferindo. Tô transferindo, gente, tô trans-fe-rin-do!!! Cobra da peste! Cobra safado! Ahhh, chega de tanta cobrança, Dra. Cidaly!!! (é o nome da víbora que me cobraria os olhos da cara! Mas tem até especialização).

Preciso verbalizar a compulsão, gente! Tô num limite! Desculpa se usei vocês pra resolver uma questão de foro íntimo. Me impressionou aquilo da pele da cobra, dela ter que se livrar da antiga pele, apertada e desbotada. Mas o mais impressionante é uma coisa que eu li e que me grudou na cabeça: que a presa das cobras fica nadando num rio de saliva lá dentro do trato digestivo e já que a cobra, por ser inferior, não tem dentes pra mastigar (isso dá pena) tem que dissolver a presa com esse suquinho. E aí não sei se devia ficar com pena da presa também! Uma sinuca, gente! Uma encruzilhada filosófica, percebem?

Ah, achei uma máxima no texto: "todas as cobras são venenosas". Disso eu já desconfiava! (Na repartição onde eu trabalhava tinha um alto grau de cobrabilidade – começando com o Dr. Luiz que, todo santo dia, passava de escrivaninha em escrivaninha perguntando: Tudo certinho?...). Até os ovos delas são venenosos!

Não vai sair por aí fazendo omelete de ovo que encontrar perdido, ô Vanda, viu só que perigo? E tem dois tipos de veneno das tais: um que ataca o sistema nervoso central – do tipo dos Áspides (vou ter que ler de novo) e paralisa a respiração, e o outro tipo que é dos Vipéridos, que destrói o sangue. Vou ler isso aqui que tá até sublinhado: "a picadinha dos vipéridos é bem doída ao passo que dos áspides é bem mais tranquilinha."

Um dia contei pro Merino que eu tava com essa fixação de cobra e tal e ele me mandou jogar no bicho. Grupo 9 (33,34,35 e 36). Não acredito nessas coisas. Mas não custa, ele falou. Minha relação com as coitadinhas é bem mais emocional. Tô achando todas elas uma belezura, têm os órgãos dos sentidos bem desenvolvidos. Olha aí: "como nos dos hómines, os olhos das cobras possuem pálpebras (são transparentes)"... Não é lindo esse trecho? Muita gentileza sua, Dona Lizota, me trazer copo d'água e o comprimidinho das quatro! Ah, o Dr. Sibério já tá aí? Será que ele sabe alguma simpatia pra cobreiro? Muita gentileza sua! Pois vou terminando, então, que a audiência tá ficando rala. Ver o pôr do sol? Vamos. Vou junto sim. Tá bonito é? Gosto, gosto muito de ver o fim do dia, tranquilo, dá sim uma sensação de paz na gente, o horizonte acobreado... E aí doutor? Eu ia dizer: "Pronto pro ofício?", mas esse escritor aí em cima do teclado vai digitar "Pronto pro ofídio?"

Melhor ficar quieto. Cascavel de vereda, isso sim, o tal sujeitinho. Fica aí escrevendo palavra errado, ô coiso! Cobra criada, isso sim.

NÃO VOU FALAR SOBRE ISSO MAS, POR EXEMPLO

Frédéric querido
dá uma olhada nas suas coisas e vê, por favor, se vc não levou por acaso um rim meu, e talvez uma parte do fígado, por engano uma artéria pulmonar e um pedaço do fêmur. Tenho notado, depois que vc foi embora, que está difícil andar respirar digerir e faz dois dias já que eu não molho as plantas da varanda devem ter morrido.

Seu Frederíque
sua mãe ligou dizendo que terminou de fazer o cachecol daquela cor que o Sr. pediu e que ela vai deixar em cima da sua cama já que quando o Sr. chega é sempre à noite e ela não tem aguentado ficar esperando até tão tarde. Talvez a cor não seja a mesma que o Sr. escolheu porque naquele dia estava escuro e os azuis eram frágeis os vermelhos débeis os cinzas absolutos e ela acabou confeccionando uma coisa bege mesmo e de sisal pro Sr. enrolar em volta do seu pescoço.

Frederic
sua avó não aguentou a cirurgia e morreu, mas isto já faz doze anos. E também o nosso gato morreu no ano passado e a samambaia está definhando e as panelas estão sem cabo assim sendo: é melhor vc se acostumar com o que vai ver ao abrir a porta a janela a geladeira. Tem bem pouca coisa lá tem bem pouca coisa ali tem bem poucas pessoas na plateia.

Fred
perdi a escova de dentes, admito. Deve ter sido dentro do ônibus porque estava lotadíssimo e apertado e as pessoas suavam e bufavam e reclamavam e eu devo ter tentado tirar qualquer coisa do bolso como por assim dizer um lenço e a escova caiu e com ela lá se foram todas as manhãs na frente do espelho sorrindo e dizendo para si: sim, estão brilhantes e perfeitos. Agora convém manter o estado de alerta porque às vezes a gente sorri do jeito errado.

Fredinho
o quilo de carne está caríssimo e seu pai acabou preferindo roubar. Não foi um ato bonito. Seu pai está preso e sente a sua falta. Seu pai saiu pra comprar a carne e faz já doze anos que ainda não chegou
o metrô deve estar lotado a rua deve estar longa a calçada deve estar esburacada e consome milhares de

pares de sapato e até pés e pernas inteiras. Não está fácil comprar um bom par do que quer que seja hoje em dia. Acaba-se preferindo roubar.

Ps: Descobriram mais quatro palavras novas pra aquilo que vc estava sentindo. Volte.

F.R.E.
alguém ligou e deixou um recado: deve-se estar na mesma esquina de sempre assobiando a mesma canção de sempre com a mesma roupa de sempre com o mesmo penteado de sempre com a mesma bandeira de sempre com os mesmos livros debaixo do braço e com os mesmos óculos precisos e com a mesma gravata e com o mesmo sorrisinho de sempre mas deve-se mudar a altura da melodia: deve-se assobiar um tom acima porque caso contrário vc jamais será reconhecido.

Ps: Terminaram o mosaico. Pode comemorar.

Dr. Frederick
enviaram a senha e será bem fácil conseguir a mala as passagens a roupa para colocar na mala e o destino. Vão financiar tudo. Pagarão também um lanchinho. Com a senha veio um manual que explica com todos os detalhes como cozinhar legumes no vapor como fazer a manutenção do chuveiro da suíte como dourar

a pílula como escrever um ensaio com apenas meios
parágrafos. Basta saber de cor o estribilho e repetir
três vezes apenas. Três vezes a cada hora do dia.

Ps: Batizamos os peixes aqui em casa mesmo e
lhes demos nomes. Desculpe, eu queria dizer "os
meninos".

Frédéric querido
Infelizmente a tampa do bueiro que vc devolveu não
coube, ficou folgada, e todos deduzimos que vc deve
ter se enganado e enviado outra. Pode, por gentileza,
dar uma olhada entre os teus pertences pra ver se não
está aí? E também vasculha um dos bolsos pra ver
se encontra as coisas que te pedi num bilhetinho de
outro dia de outra manhã de outra época de outra
envergadura. É, coisas como: baço, artérias e, se
encontrar, um alicate.
Ps: Quando o galo cantar três vezes pode acordar.

Fréde
Decidi escrever. Não foi fácil vc sabe como sou
pra estas coisas de ferrugem estas coisas de espera
estas coisas de romper madrugadas pensando estas
coisas de cheese pra fotografia. Algo de indelicado
se instaurou no discurso e eu queria avisá-lo. Algo

que pode causar desconforto. Também aproveito
pra contar que encontrei a parte do fêmur e estou
andando perfeitamente bem. Alguém garantiu que até
setembro estarei chutando. Alguém cogitou que, se
tudo der certo mesmo até dezembro estarei correndo
com excepcional desenvoltura.

Ps: Consegui a grana pra escova e pra ferradura. Tua
mãe. Fez esta gentileza.

Frederic
Por favor ao voltar não acenda as luzes da casa.
Nem da sala. Não faça barulho por favor. Não sente
no sofá. Não pise forte. Não arraste a mala sobre
o assoalho. Não jogue papel no vaso. Não espirre.
Não soluce. Não ligue a TV muito alto. Não limpe
o sapato com barro no tapetinho. Não suje o fogão
fritando coisas que espirram. Não cante. Não declame
um poema. Não dance em hipótese alguma. Não
precisa lavar as louças da pia. Mas pode vir.

Ps: O silêncio está no mesmo lugar cuidado pra não
tropeçar nele.

Este livro foi produzido no Laboratório Gráfico
Arte & Letra, com impressão em risografia e
encadernação manual.

exemplar n°644